형사 K의 미필적 고의

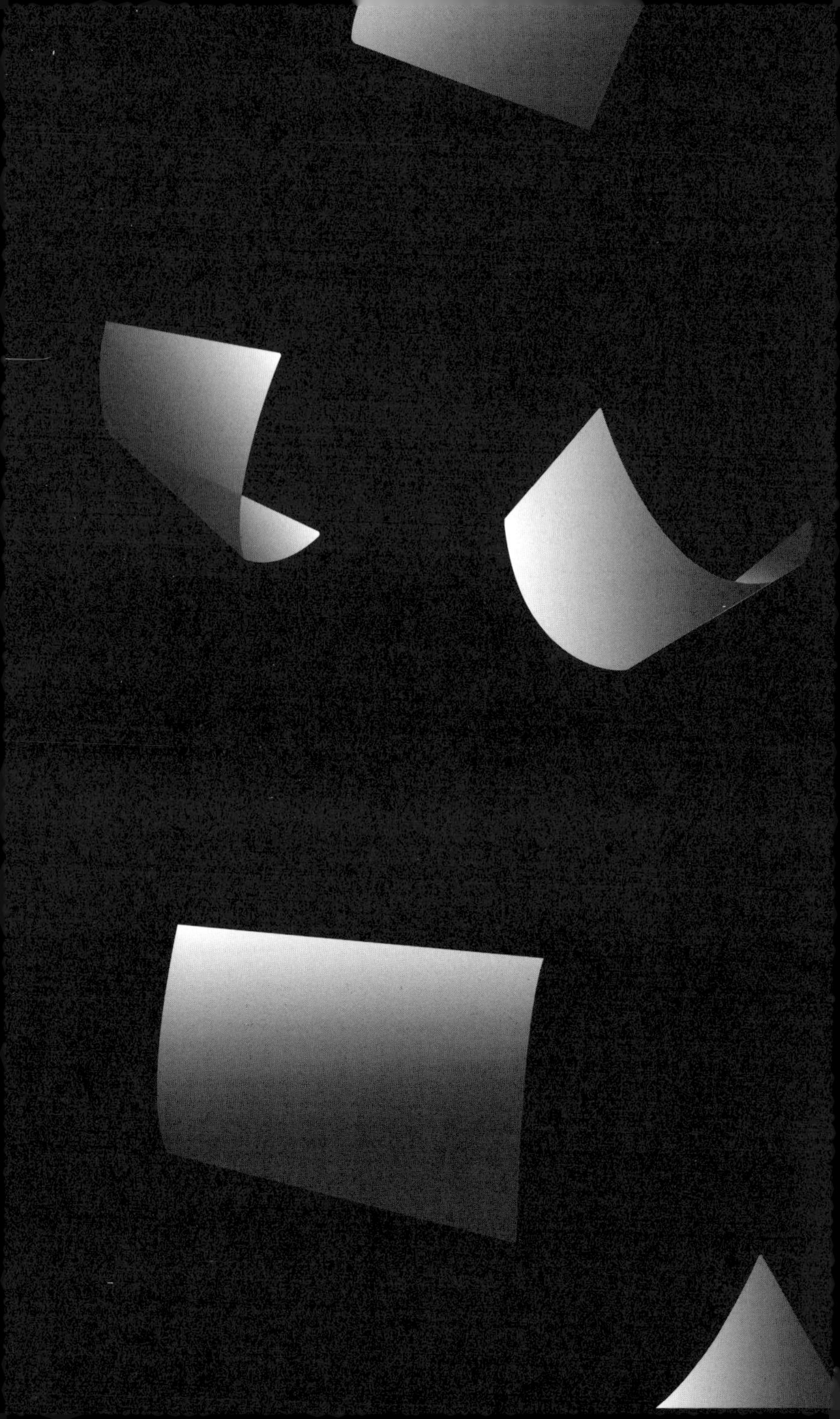

형사 K의 미필적 고의

차례

형사 K의 미필적 고의

40촉 할로겐램프가 반경 2m를 밝히기도 벅차다는 듯 순간순간 깜빡거린다. 당신은 의자에 앉아 어둠을 응시한다. 수치로 표현할 수 있다면, 글쎄 당신이 응시하고 있는 어둠은 마이너스 400럭스쯤. 콜타르처럼 질척해서 소리마저 착 달라붙은 더없이 고요한 어둠이다. 당신은 어둠 속을 더듬는다. 손끝에 걸리는 물건들 가운데 배낭 하나를 끄집어낸다. 당신은 배낭을 툴툴 털어낸다. 마치 끈적끈적한 어둠이 달라붙기라도 한 것처럼.

당신은 배낭을 열고 아무 물건이나 허겁지겁 담기 시작한다. 초조한 마음은 이해하지만 그렇게 마구잡이로 넣다가는 정작 필요한 물건을 담기도 전에 배낭이 차버릴 것이다. 역시 배낭은 금방 불룩해진다. 당신은 배낭을 뒤집어서 담았던 물건들을 쏟아낸다. 다시 한 번. 이번에는 배낭 바닥에 코펠과 버너를 담고, 등산 장비들을 차곡차곡 담아 간신히 지퍼를 닫는다. 등산 재킷을 입고 어깨에 배낭을 멘다. 목적지는 산이다. 케이블카가 정상 밑자락까지 닿아 있는 국립공원이 아니라, 오백 살 선인들이나 살 법한 깊고 영험한 심산유곡 말이다. 그런 곳이라면 등산 장비가 아니라 물푸레 나무로 깎은 지팡이가 제격이 아닐까. 당신, 어둠 속으로 천천히 고개를 들이민다. 당신이 입을 크게 벌려 무어라고 말하는데, 무슨 말인지 도대체 알아들을 수 없다.

숨 한 번 크게 들이쉬고, 천천히. 그러니까 서울60러8051 승합차는 당신 형의 소유라는 말인가.

*

당신은 신용불량자인 형이 부탁해서 당신 명의로 승합차를 한 대 뽑았다. 벌써 십 년 전 일이다. 당신은 그날 이후 그 차를 한 번도 보지 못했다. 가끔씩 날아드는 과태료 통지서를 받아 보고 8051이 여수의 국도변을 94km의 속도로 달렸으며, 2008년 6월 12일 16시 20분경에 포항 죽도시장 앞 네거리에 불법 주차하였다는 사실을 알게 되는 정도였다. 그러니까 서울60러8051은 당신 명의이나, 소유자는 엄연히 당신 형이었다.

형사가 키보드를 쾅 하고 내리치더니 양손으로 머리칼을 쓸어 올렸다. 조사는 시작 단계부터 한 발짝도 진전이 없었다. 형사는 차량등록원부를 보여주며 차량이 당신 소유라는 사실을 인정하라고 다그쳤다. 정기검사 의무 위반은 벌금 오십만 원 정도가 부과되는 가벼운 죄라며 빨리 인정할 경우 벌금부과에 참조하겠다고 목소리를 잔뜩 깔았다. 당신은 의연했다. 단지 명의를 빌려주었을 뿐이라는 말을 되풀이할밖에.

"좋습니다. 소유자가 아니라, 명의자라고 칩시다. 그런데 차는 어디 있습니까?"

차가 없으니 정기검사를 못 받은 것이었다. 몇 달 전 8051 승합차는 강원도 국도변을 달리다가 너덜너덜해진 상태로 갓길에 멈췄다. 폐차를 하려면 밀린 범칙금과 공과금을 모두 내야 했는데, 그동안 내지 않은 세금과 범칙금을 합하면 삼백만 원이 넘었다. 당신 형은 당신과 상의하지 않고 8051을 고물상에 넘겼다. 고물상에서 8051은 낱낱이 분해되어 고철로 처리되었다.

"불법 폐차를 했다는 말인가요?"

그런 셈이다. 형사는 조사할수록 양파껍질 까듯 새로운 범죄 사실이 나올 것 같다며 히죽거렸다. 당신이 정기검사 불이행은 물론 불법 폐차 책임까지 지게 되었는데, 당신 형은 여전히 연락을 피하고 있었다.

*

거울 속, 보름쯤 굶은 늑대의 눈빛이 당신을 응시했다. 사냥감의 숨통을 끊어놓고 그제야 다른 포식자가 없는지 주위를 살피는 늑대의 눈빛처럼 흰자위에 푸른빛이 감돌고 물기 없는 동공이 번들거렸다. 당신은 까칠하게 자란 턱수염에 면도크림을 듬뿍 발랐다. 면도날이 지나간 자리에 새벽녘처럼 파리한 속살이 드러났다. 당신은 말끔해진 턱을 만지며 휘파람을 불었다. 하지만 잔뜩 잠긴 목에서 나온 쉰 소리는 입술만 간질이고 말았다.

당신은 자동차관리법 위반으로 백오십만 원의 벌금을 냈다. 그런데 폐차된 8051호 몫으로 자동차세와 환경부담금 고지서가 날아왔다. 행정 착오라고 생각한 당신은 고지서를 들고 구청으로 찾아갔다. 행정전산망 어디에도 8051이 폐차되었다는 기록은 없었다. 오히려 미납된 세금에 연체료까지 나날이 불어나고 있었다. 담당 공무원은 공인된 기관의 폐차증명서를 가져오거나 도난신고 접수증이 없는 한 세금은 계속 부과된다며 법규집을 펼쳐 보였다. 당신 형이 연락을 피하고 있기 때문에 폐차하였다는 고물상을 찾을 방법이 없었다. 사설 경마장이나 포커 하우스를 뒤져 당신 형을 찾는다 해도 고물상에서 폐차증명서를 발급할 리 없었고, 설사 폐차증명서를 제출해도 공무원은 공인된 기관의 서류가 아니라며 인정하지 않을 것이다. 당신은 단지 명의자일 뿐 소유자가 아니라고 항변했으나 담당 공무원은 요지부동, 고장 난 뻐꾸기시계처럼 세금은 명의자에게 부과된다는 말만 되풀이할 뿐이었다. 당신은 도난신고를 하기 위해 지구대를 찾아갔으나 도난신고도 불가능했다. 도난신고는 명의자가 아니라 실제로 차를 관리하고 점유했던 형만이 할 수 있었다. 당직 경찰관은 차량을 빌려주었다가 돌려받지 못한 경우나 단순히 명의를 빌려준 경우는 도난신고 대상이 아니라고 했다. 간혹 허위신고를 하는 경우가 있는데 적발될 경우 공무집행방해죄로 처벌받게 된다며 도난신고는 생각도 하지 말라고 쐐기를 박았다. 당신의 머릿속에서 무언가 덜컹하고 내려앉았다. 명의자이기 때문에 처벌을 받고, 소유자가 아니기 때문에 도난신고를 못 했다. 명의와 소유 사이에는 한 몸에서 분리된 오세아니아 대륙과 아시아·유럽 대륙의 거리만큼이나 먼 간극이 있었다. 당신은 그 깊이와 너비를 이해할 수가 없었다. 다만 한 가지 당신이 명확히 이해한 것은 세상에 존재하지도 않는 8051의 세금을 평생 동안 내야 한다는 사실이었다.

당신은 접이식 의자에 앉아 매끈하게 면도된 턱을 어루만졌다. 제대로 깎이지 않은 수염 몇 가닥이 손끝에 걸렸다. 엄지와 검지손톱의 날을 세워 수염을 잡아 뽑았지만 매번 손톱 끝을 아슬아슬하게 빠져나갔다. 젊은 경찰관이 따뜻한 차 한잔을 내밀었다. 당신은 일주일 동안 차 문제만 생각했다.

매 분기마다 날아오는 세금고지서를 보면서 당신은 한 모퉁이가 맞춰지지 않은 큐브를 잡고 있는 것처럼 답답한 심정에 사로잡힐 것이다. 당신이 차를 잊고 살아갈 수 있는 방법은 오로지 허위신고밖에 없었다. 계획은 단순했다. 명의자도 소유자도 모두 당신이라고 주장하면 된다. 누구도 당신이 소유자이며 명의자이란 사실을 반증하지 못할 것이다. 분해되어 사방으로 흩어진 쇳물이 합쳐지지 않는 이상 허위신고의 증거는 세상에 없는 것이다.

"서울 60러8051호 승합차를 잃어버린 경위부터 말씀하시죠."

당신은 프랑스 영화의 한 장면이 떠올랐다. 주인공 남자가 여주인공 베티의 임신을 축하하기 위해 피아노를 빌려 대형 트레일러에 싣고 도로를 달린다. 어디선가 나타난 경찰관이 차를 세우고 면허증을 요구한다. 속도위반이다. 남자는 베티가 임신했다고 말한다. 경찰은 선글라스를 벗고 남자에게 담배를 건넨다. 경찰관의 아내도 임신 중이었다. 갑자기 영화의 한 장면을 떠올린 까닭은 당신 앞에 앉아 있는 경찰관이 영화 속 경찰을 닮았기 때문이고, 이 경찰 또한 머지않아 아빠가 될 것이라고 생각한 까닭이다. 노을이 물드는 트레일러에 기대 남자와 경찰은 담배를 나눠 피운다.

당신은 눈을 지그시 감고 진술을 시작했다. 8051 승합차는 내가 생애 처음으로 장만한 차입니다. 10년간 저와 고난을 함께한 차라고 할 수 있습니다. 다른 사람에게 의미 없고 보잘것없지만 당사자에게는 더없이 소중한 것이 있죠. 그 차가 그랬습니다……. 어젯밤 12시경에 프로덕션 부근 마을금고 뒷골목에 세워두었는데, 아침에 와 보니 없었습니다. 프랑스 영화 속의 경찰관을 닮은 젊은 경찰관이 문밖까지 나와 반드시 차를 찾아내겠다고 당신의 어깨를 두드렸다. 당신은 정중하게 고개를 숙였다. 당신은 손바닥으로 턱 언저리를 쓱 문질러 보았다. 미처 깎이지 않아 거슬리던 수염 몇 가닥이 말끔하게 뽑혀 있었다.

*

산이라니. 너무 경솔하지 않은가. 정상에 오르기 전부터 문제가 생길 것이다. 등산객 중에서 당신을 알아보고 신고하는 사람이 있을 수도 있다. 사람이 많이 모이는 곳은 피해야 한다. 설사 산으로 숨어드는 일이 성공한다고 해도 산림단속반에게 밀렵꾼으로 오인되어 연행될 수도 있다. 당신은 경솔한 결정이었다고 선선히 인정한다. 배낭에서 등산 장비들이 우르르 쏟아진다. 당신은 더 이상 쓸모없게 된 등산 장비들을 슬그머니 어둠 속으로 밀어 넣는다.

당신은 의자 위로 올라가 양손을 귀에 붙여 나팔 모양을 만든다. 발자국 소리를 들은 것이다. 평상시 당신을 찾아오는 사람은 가스 검침원이거나 택배기사 정도이다. 그렇다. 어둠 너머에서 당신을 찾아올 사람이라면 검거반밖에 달리 없다. 발자국 소리는 어둠 속 어딘가에서 멈춰 섰다. 당신은 까치발을 딛고 발자국 소리가 멈춰 선 어둠 속을 살피기 시작한다. 마이너스 400럭스의 어둠 속에서 당신이 분간할 수 있는 것이라곤, 짙은 어둠과 그보다 더 짙은 어둠뿐이다. 그런데 능청스럽게도 당신은 수평선에 걸린 조난선이라도 찾는 듯 간절한 표정이다. 다시 발자국 소리가 들린다.

당신은 깜짝 놀란 표정으로 배낭을 집어 든다. 그리고 바닥에 있는 물건들을 살피기 시작한다. 옷가지와 취사도구를 담아야 하고, 잭나이프와 간단한 세면도구도 담아야 한다. 그러나 당신의 배낭은 모든 것을 한꺼번에 담을 수 있을 만큼 넉넉하지 않다. 두세 배는 큰 배낭이라야 필요한 물건을 간추려 담을 수 있을 것이다. 당신은 배낭 속에 무엇을 담아야 할는지 결정하지 못한다. 어떤 것이 제일 필요한 것인지 판단할 수가 없다. 발자국 소리는 점점 가까워진다.

*

"8051 차량의 도난 사건을 맡은 강력계 형사 K입니다."

담당형사라며 K가 전화했다. 형사 K는 집에서 먼 마을금고 뒷골목에 차를 세워 둔 이유가 뭐냐고 물었다. 차를 세워 놓았다고 진술한 골목은 당신이 일하는 애니메이션 프로덕션이 있는 골목이었다. 때문에 간혹 그 골목에 차를 대는 경우가 있다고 진술한 것이다. 형사 K가 8051이 무슨 색이냐고 물었다. 선뜻 기억나지 않았다. 가만있자. 회색이었던가 아니 흰색 계통이었던가, 펄이 좀 들어간 흰색 계통이었던 것 같다. 하지만 자신할 수 없었다.

"지금 취조하시는 겁니까."

피해자를 가해자 다루듯 취조해도 되느냐고 발끈했지만, 당신은 머리가 지끈거렸다. 차량이 출고되던 날, 한 번밖에 보지 못한 차의 색깔을 기억해 내기는 무리였다. 형사 K는 차를 잃어버린 밤에 술을 마셨냐고 물었다. 화제를 돌려서 다행이었다. 당신은 술을 한 잔만 마셔도 온몸이 빨갛게 달아오르는 체질이다. 형사 K가 프로덕션에 대해서 물었다. 프로덕션에 대해 형사 K에게 말해 줄 만큼 아는 바가 없었다. 전화를 끊자 형사 K에게 무언가 의심의 빌미를 제공한 것 같다는 느낌을 받았는데, 무엇 때문에 그런 생각이 들었는지 알 수 없었다.

당신이 프로덕션에서 하는 일은 작가가 셀룰로이드 필름에 그린 주요 컷을 바탕으로 나머지 장면을 유연하게 연결하는 그래픽 작업이다. 한 달에 한두 번 프로덕션에 갈 뿐 대부분의 작업은 집에서 했다. 이번에 맡은 작품은 1시간 30분 분량의 미스터리 애니메이션이다. 사설탐정 K의 실종 사건을 파헤쳐 가는 이야기였다. 당신을 비롯해 다섯 명의 그래픽 작업자들이 6개월 이상 작업해야 하는 분량이었다. 작업한 분량으로 볼 때, 이야기는 정점에 달하고 있다. 하지만 형사 K의 문자를 받은 후 작업은 전혀 진전이 없었다.

[인근 지역 CCTV를 모두 조사해 보겠습니다.]

당신은 형사 K에게 수사를 그만두라고 전화하려 했다. 이미 10년이 넘은 차를 찾기 위해 CCTV까지 조사하다니. 다소 격앙된 목소리로 국가 공권력이 그렇게 한가하냐고 몰아붙여야 했다. 그러나 전화기를 내려놓았다.

그런데 지구대의 조서에는 당신이 8051을 반드시 찾아야 한다고 진술되어 있습니다, 라고 형사 K가 반문한다면 당신에 대한 의혹만 키우는 격이다. 더구나 형사 K의 문자는 의례적인 행정 업무일 수도 있지 않은가.

[사고지점 주변의 CCTV를 모두 탐독했는데 도난 차량의 자취를 발견하지 못했습니다.]

형사 K의 두 번째 문자였다. 참다못한 당신은 수화기를 들었다. 형사 K가 CCTV를 뒤지며 헛수고하는 동안에도 관내에는 수많은 폭력 사건이 벌어졌고, 성폭행과 강도 같은 강력 범죄가 발생했다. 형사 K는 CCTV를 보는 시간에 그 사건들을 수사했어야 한다. 근무시간을 헛되게 낭비하다니 터무니없는 직무유기이다. 당신의 말이 점점 빨라지고 있었다.

"헛수고라니요?"

"……."

"선생의 차가 지금쯤 어떤 범죄의 수단으로 사용되고 있을지 모르는 상황입니다."

형사 K는 사고 발생지점 10km 반경으로 넓혀 CCTV

를 탐독하고, 동일 전과자들을 상대로 탐문을 벌이겠다고 했다. 형사 K는 이번 사건을 단순한 차량 도난 사건으로 보지 않는다고 했다. 배후에 조금 더 어두운 범죄의 그림자가 드리워져 있다고 그는 확신했다. 형사 K는 그 범죄의 고리를 낱낱이 밝혀낼 계획이었다. 당신에게 형사 K의 수사계획은 허위신고를 어떤 수를 써서라도 밝혀내겠다는 경고로 들렸다.

10년이 넘은 승합차를 찾기 위해 CCTV 탐독 범위를 10km까지 넓히고, 수사방식을 심화한다니. 당신은 차량 도난 사건이 그토록 중대한 범죄냐고 묻고 싶었다. 하지만 당신은 수긍이 빠른 사람이다. 생각하기에 따라 그럴 수도 있다고 수긍하였다. 형사 K가 조만간에 특별수사팀을 꾸리겠다고 나서는 것은 아니겠지, 하고 당신은 생각했다. 상황에 걸맞지 않은 우스운 발상에 스스로 생각해도 헛웃음이 나왔다. 그런데 정말 형사 K가 그렇게 우스꽝스러운 짓을 한다면, 하는 생각에 당신은 금방 정색했다. 정말 그렇다면 대단히 잘못되어 가는 것이었다. 범행이 밝혀지지 않으리라는 확신에 미세한 금이 가기 시작했다.

당신은 늦어도 이번 달까지 애니메이션 탐정 K의

세 번째 챕터를 완성해야 했다. 며칠 밤을 꼬박 새워야 간신히 따라잡을 수 있을 정도로 작업량은 다른 작업자들에 비해 밀려 있었다. 당신이 데드라인을 지키지 못한다면 더 이상 일을 받지 못할 수도 있다. 당신을 대신할 가용 인원은 얼마든지 있으니까.

탐정 K가 금문교에서 떨어진 장면을 목격했다는 목격자가 나온 부분에서 작업은 멈춰 있었다. 머지않아 죽었다고 생각했던 탐정 K가 나타날 예정이다. 그의 등장(그는 이야기의 중반까지 모습을 드러내지 않았다)으로 이야기는 클라이맥스로 치달을 것이다. 앞으로 이야기가 어떻게 진행될 것인가. 중요한 기로였다.

만약 당신이 스토리를 좌우할 수 있다면 당신은 끝까지 탐정 K를 등장시키지 않을 것이다. 미제 사건으로 극을 끝내 미스터리 특유의 반향을 기대해야 한다. 당신은 형사 K에 관해 생각했다. 형사 K의 이야기는 수사를 중단시키고 끝내는 게 좋겠다. 형사 K가 다른 경찰서로 전보 발령을 받는 것이다. 후임자는 수사파일을 정리하여 백 년이 지나도 아무도 펼쳐 볼 수 없는 깊고 깊은 지하창고에 처박는다. 수십 년이 지난 뒤에 갓 경찰대학을 졸업한 초임 경찰이 수사파일을 펼쳐 보고 의혹을 제기할 수도 있다. 하지만 그때는 이미 공소시효가 끝난 다음이다. 더 이상 사건을 파헤쳐 얻을 이익이 없다. 황당무계한 결론인가. 그렇다면 형사 K가 자기 집 계단참에 고인 물을 밟고 미끄러져서 뇌진탕으로 죽는다면 어떨까. 그 또한 너무 싱거운 결론이라면, 형사 K를 수사 중에 순직시키자. 형사 K가 마침내 폐유로 범벅된 고물상의 앞마당에 도착한 순간 산더미처럼 쌓여 있던 고철더미가 무너지며 형사 K를 덮치면서 이야기를 끝내자. 형사 K의 업무 중 사고사라, 말끔한 결론이다. 당신의 생각처럼 형사 K의 이야기는 그쯤에서 마무리 되었어야 한다.

*

레인코트를 입고 선글라스를 낀 당신, 이미 가득 찬 배낭에 방한점퍼를 쑤셔 넣고 있다. 배낭은 금방이라도 터질 것 같다. 아무리 안간힘을 써도 점퍼가 들어가지 않자 당신은 짐을 쏟아내고 점퍼부터 담기 시작한다. 마지막으로 코펠을 쑤셔 넣는데 지퍼가 절반도 잠기지 않는다.

당신은 들고 있던 배낭을 놓칠 뻔한다. 갑자기 울린 귀에 익은 소리 때문이다. 타악기 소리도 아니고 현악기 소리도 아니지만 분명 리듬이 있다. 당신은 배낭을 등에 짊어지고 의자 위로 올라간다. 벌어진 배낭에서 코펠과 옷가지가 떨어진다. 멜로디는 바로 당신 현관의 차임벨 소리였다. 순식간에 당신의 머릿속에 도주로가 그려진다. 당신은 이 층 창문에서 뛰어내린다. 땅바닥에 양손을 짚고 주위를 살핀 당신은 순식간에 골목 맞은편 붉은 벽돌집 대문으로 뛰어든다. 성큼성큼 옥상에 올라간 당신, 이웃한 다른 집 옥상으로 건너뛴다. 뒤에서 검거반이 멈추라고 소리친다. 공포탄을 발사하는 소리가 들린다. 당신은 옥상에서 옥상으로 새처럼 가볍게 건너뛴다. 레인코트를 입고 선글라스를 낀 당신, 의자 위에 서서 양팔을 휘젓고 있다. 바닥에는 배낭에서 떨어진 물건들이 난삽하게 어질러져 있다.

*

당신은 형사 K에게 도난신고를 취하하겠다는 음성 녹음을 남겼다. 전화를 끊자 어깨가 축 늘어지고, 얼굴을 감싸고 있던 이상한 열기가 천천히 사그라졌다. 신고 취하로 세상에 존재하지도 않는 8051 승합차의 세금을 평생 내야 하겠지만 감수해야 하는 문제였다. 당신은 다시 작업을 시작했다. 이야기는 탐정 K의 등장을 목전에 두고 있었다. 모든 음모가 밝혀지기 직전의 폭풍전야와 같았다. 그런데 형사 K의 문자가 도착했다.

[사고지점 반경 10km 내 CCTV에서도 차량의 흔적을 발견하지 못했습니다. 최선을 다해 귀하의 차량을 찾겠습니다.]

당신은 두통 때문에 눈언저리를 엄지손가락으로 꾹꾹 눌렀다. 하지만 수화기 속에서 발신음이 들리자 등골이 써늘해지도록 침착해졌다. 당신은 K에게 사실은 허위신고였으며, 차는 이미 강원도 어느 고물상에서 낱낱이 해체되었고 지금쯤 대형 상선의 갑판 모퉁이를 차지하고 있을 것이라고 자백해야 할지, 아니면 세상에 있는 모든 CCTV를 탐독해도 차를 찾을 수 없을 것이라고 힌트를 줘야 할지, 결정하지 못한 상태였다.

"사실은……."

형사 K가 끊지 않았다면 당신은 모든 일이 허위신고에서 비롯된 해프닝이라고 말할 뻔했다.

"사실이란 중요하지 않습니다. 처음에는 사실처럼 보이는 것이 가짜이기 나름이죠. 진실이란 완전한 형태로 존재하는 게 아니라 수사를 통해 밝혀내고 입증하는 것이죠. 선생의 도난신고 취하는 받아줄 수가 없습니다. 도난 사건의 경우 피해자의 의사와 관계없이 수사가 진행됩니다. 절도죄는 친고죄나 반의사불벌죄가 아닙니다. 더구나 시간이 갈수록 선생의 차가 강력범죄와 연관이 있다는 확신이 굳어지고 있습니다."

실체도 없는 차를 K는 강력범죄의 도구로 여기고 있었다. 존재하지 않는 범행도구로 저지를 수 있는 범죄가 무엇이 있을까. 8051을 둘러싼 확실한 범죄는 허위신고로 인한 공무집행방해죄였다. 그러니 당신 명의의 차가 무언가 범죄와 연관이 있다는 형사 K의 직감을 덮어놓고 불신할 수만은 없는 일이었다. 당신은 그쯤에서 형사 K에게 차량 도난신고는 허위였다고 자백하고 애니메이션 탐정 K 작업에 몰두하는 편이 낫겠다고 생각했다. 벌금을 내는 편이 더 큰 곤경에 빠지지 않는 방법일 수 있다. 하지만 문제는 그렇게 쉽지 않았다. 당신의 자백을 형사 K가 믿지 않는다면? 형사 K의 말처럼 당신이 허위도난 신고였다는 사실을 입증해야 한다. 당신이 제시할 수 있는 증거는 오로지 자백뿐이다. 오히려 형사 K에게 8051이 무언가 강력범죄의 범행도구로 사용되었을 거라는 확신만 키울 수 있다. 형사 K는 수사가 확장되는 걸 막기 위해 당신이 허위로 자백했다고 생각할 것이다.

당신은 진실이란 입증하여 채워 가는 과정과 결과라는 형사 K의 게임 룰을 따르기로 했다. 진실이란 중요한 문제가 아니다. 입증과 증거만이 중요하다. 허위신고가 허위이건 자백이 허위이건 진실처럼 보이면 그것이 진실이 되는 것이다. 형사 K의 게임 룰이 그다지 불리한 룰은 아니었다.

*

형사 K가 프로덕션에 다녀갔다는 전화를 받았다. K는 한 시간 정도 프로덕션에 머물면서 당신의 작업에 대해, 당신이 프리랜서로 일한 기간에 대해, 당신의 평소 성격에 대해 물었다. 하지만 정작 차에 대해서는 한마디도 묻지 않았다. 형사 K가 도난차량에 대하여 묻지 않은 것은 당신의 입질을 유도한 미끼라고 생각했지만, 전화를 걸지 않을 수 없었다. 당신이 느끼고 있는 불길하고 음습한 예감이 틀렸다고 확인하고 싶었던 것이다.

"차는 어디로 갔을까요? 최근 한 달 동안의 방범용 CCTV를 모두 뒤졌는데, 차량의 흔적을 발견하지 못했거든요."

전화기 저쪽에서 수첩을 넘기는 소리가 들렸다. 종잇장 넘기는 소리가 신경의 어느 한 부분을 벤 것처럼 가벼운 두통이 일었다. 너무 미세해서 아픈 부위가 어디인지 알 수 없을 정도였지만 기분 나쁜 두통이었다.

"나는 선생의 차로 인해 어떤 강력범죄가 발생할 것이라는 예감을 버릴 수가 없습니다. 이미 발생했는지도 모르죠. 이를테면 선생이 누군가 차를 이용해 범죄를 저지르도록 차 문을 잠그지 않았을 거라는 의심 말입니다. 그럴 경우 선생 또한 그 범죄를 방조한 거겠죠."

"내가 범죄가 일어날 것을 예상하고도 고의로 차를 방치했다는 말인가요?"

"반드시 선생이 공모했다는 말은 아닙니다. 미필적 고의 말입니다. 선생이 범죄가 일어날 수도 있다는 일말의 가능성을 인식하고도 방치하였다는 말이죠."

"인식이란 너무나 주관적인 기준 아닌가요?"

"진실은 본인이 제일 잘 알겠죠."

"진실은 중요하지 않다고 말하지 않았던가요?"

"심증을 말하는 거죠. 아무튼 수사는 계속될 것이고 나는 심증을 입증해 나가야겠죠."

당신은 형사 K의 심증이 진실과는 한 발짝 떨어져 있다고 생각했다. 설령 당신의 형이 차를 이용해서 범죄 행각을 일삼다가 증거를 없애기 위해 차를 해체했더라도 그것은 어디까지나 형의 문제일 뿐이다. 당신이 범죄 수단으로 사용될 거라고 인식하고도 차량의 명의를 빌려준 것이 아니기 때문이다. 그런데 목에 걸린 가시가 시간이 갈수록 살 속으로 깊이 파고들듯이 '일말의 가능성'이라는 형사 K의 말이 당신의 신경 어느 한구석을 집요하게 찔러 왔다. 당신은 일말의 가능성도 의혹하지 않았다고 자신할 수가 없었다. 악의적 결과를 예견하고도 갖가지 합리화로 그 의혹을 덮어버리며 했던 무수한 행동들이 떠올랐다. 형사 K의 말처럼 사소한 미필적 고의가 중대한 사건을 일으킬 수도 있는 것이다. 어느새 당신은 형사 K의 말처럼 자신이 차량 관련 범죄의 미필적 고의범일 수도 있다고 시인하고 있었다. 당신 형이 차를 이용하여 범죄를 저질렀고, 당신은 형이 범죄를 저지를 수 있다는 의혹을 가졌을지도 모른다. 그런데도 당신은 차량의 명의를 빌려준 것이다. 범죄가 일어나더라도 당신으로서는 어쩔 수 없는 일이라고 방조하는 마음이 전혀 없었다고 자신할 수 없었다. 여기까지 생각한 당신은 형사 K의 심리전에 말려든 느낌을 지울 수가 없었다. 생각을 다잡았다. 형사 K는 아직 심증을 뒷받침할 만한 물증을 찾지 못했다. 그 점 다행이다. 하지만 머지않아 형사 K의 서늘한 수갑이 당신의 팔목을 감싸게 될 거라는 불길한 예감은 점점 커져 갔다.

당신의 수염은 하루가 다르게 미궁의 숲처럼 짙어졌다. 작업은 탐정 K가 여전히 등장하지 못한 채 멈춰 있었다. 엉켜 있는 실타래를 손에 쥐고 실의 끄트머리를 이쪽저쪽으로 잡아당겨 보는 심정이었다. 폭풍 전야 같던 극중한 긴장은 시간이 갈수록 들지 않는 칼처럼 무뎌졌지만 당신의 신경은 질기고 팽팽해져서 끊어지기 일보 직전의 활시위 같았다. 완벽하게 풀어내지 못한다면 잘라내서 짧은 실이나마 온전히 사용할 수밖에 없는 것이다. 당신은 형사 K를 만나기로 했다.

*

방 안을 둘러보던 형사 K가 책상에 놓인 셀룰로이드 한 장을 집어 들었다. 셀룰로이드에는 탐정 K가 떨어진 금문교가 배경으로 그려져 있었다. 형사 K는 양손으로 셀룰로이드를 들고 당신을 향해 몸을 틀었다. 당신의 얼굴을 셀룰로이드의 중앙에 배치시킨 형사 K는 그것을 180도 뒤집었다. 그러자 교각에 거꾸로 매달린 당신이 의아한 표정을 지었다.

"최근에 작업이 부진하다지요?"

이십 대 후반쯤 됐을까, 아니면 삼십 대 초반쯤. 무테안경을 쓴 그는 강력계 형사가 아니라 보습학원 수학강사라면 믿을 만큼 어딘지 예민해 보이는 작고 야윈 체격이었다. 하지만 안경 속에서 빛나는 눈빛만은 당신이 상상했던 바로 그대로, 어떤 상대도 제압할 수 있다는 자신감 넘치는 눈빛이었다.

"CCTV만 탐독했던 것이 실수였습니다. 차량등록원부를 확인하니 강원도 원주 인근 국도변에서 과속단속 카메라에 찍혔던 기록이 있더군요. 그때 원주에는 왜 갔던 겁니까?"

"이번 사건과 무관한 일 같은데요."

"대답하지 않으셔도 됩니다. 다만 차량의 행적이 마지막으로 탐지된 곳이라 물었던 겁니다."

형사 K가 속도위반 사진을 보게 된다면 운전자가 당신이 아니라 형이었다는 사실을 알게 될 것이다. 카메라에는 짧은 스포츠형 헤어스타일에 가죽점퍼를 입은 형의 모습이 선명하게 찍혔을 테니. 어쩌면 K는 이미 사진을 보았을 수도 있다. 더 구체적인 증거를 찾기 위해서 당신 주변을 탐문하고 있을 뿐이다. 당신은 책상에 놓인 셀룰로이드 한 장을 집어 들다가 약지손가락을 셀룰로이드에 베었다. 셀룰로이드의 투명하고 예리한 날에 가는 핏방울이 맺혔다. 셀룰로이드가 날카로운 날을 가지고 있다는 사실을 발견한 당신의 얼굴에 옅은 미소가 번졌다. 당신이 집은 셀룰로이드는 탐정 K의 실종 사건을 수사하던 경찰이 누군가에게 살해당한 슬럼가 뒷골목의 배경 컷이었다. 경찰은 손발이 묶인 채 입에는 재갈이 물려 있었다. 사인은 과다출혈이었는데, 목덜미의 정맥이 예리한 물체로 인해 끊어져 있었다. 바닥은 핏물로 흥건했다. 현장에 도착한 경찰관은 응고된 피에 발이 달라붙은 커다란 바퀴벌레를 떼어 내며 말했다. 범인이 사용한 살해도구가 무엇이었을까? 그가 잡고 있던 바퀴벌레가 바닥에 떨어지더니 쏜살같이 양철쓰레기통 밑으로 숨어들었다. 경찰관은 살인 사건의 유일한 목격자를 놓쳤다는 듯 얼굴 왼쪽이 심하게 구겨졌다.

"두 달간 수사에 전념했는데 단서는 찾았나요?"

"단서라면 단서일 수 있겠네요."

당신은 엄지로 약지손가락을 지그시 눌렀다. 핏방울이 손가락에 맺혔다. 책상이 흥건하게 고일 정도의 핏줄기라야지, 고작 한두 방울이라니. 당신은 더 치명적인 상처가 아니라 화가 났다.

"물론 단서에 대해서는 알려주지 않겠죠?"

형사 K가 고개를 끄덕이며 셀룰로이드를 당신의 얼굴 가까이 들이밀었다. 당신은 형사 K가 찾았다는 단서가 무엇인지, 추궁하고 싶었다. 하지만 당신은 현관에 벗어 놓은 형사 K의 기름 범벅인 구두를 보고 생각을 바꿨다. 구두의 폐유 자국은 고물상에서 묻어 온 것이었다. 형사 K는 어디까지 알고 있는 것일까.

형사 K의 의도는 당신의 신경을 집요하게 건드려 참다못한 당신이 누군가에게 가해를 가하도록 몰아가려는 생각이었다. 당신이 범죄를 저지르는 순간 형사 K는 당신을 현행범으로 체포할 것이다. 범죄의 대상은 사사건건 시비를 거는 프로덕션의 팀장일 수도 있고, 손상된 CD 가격을 당신에게 덮어씌웠던 도서대여점의 주인일 수도 있다.

어쩌면 형사 K는 처음부터 당신 내면의 어둡고 음습한 문을 바라보고 있었는지 모른다. 그 문이 열릴 때까지 숨죽여 기다린 것이다. 당신은 셀룰로이드를 들고 형사 K 쪽으로 몸을 틀었다. 그리고 셀룰로이드가 휘어지도록 천천히 힘을 가했다. 형사 K의 얼굴이 슬럼가의 더러운 길바닥과 겹쳐졌다. 당신이 손에 힘을 풀자 휘어졌던 셀룰로이드가 펴지면서 모서리에 묻어 있던 핏방울이 허공에 산산이 흩어졌다.

*

하늘색 계통의 비치웨어를 입고 밀짚모자를 쓴 당신, 의자에 기대앉아 있다. 양손을 깍지 껴서 목덜미를 감싼 채 엉덩이는 의자에 살짝 걸치고, 다리를 길게 뻗는다. 당신은 북반구와 남반구를 왕복하는 상선을 이용해 밀항할 생각이다. 남태평양 어느 해안에 내린 당신은 야자수 사이에 매달은 해먹에 누워 맥주를 마신다. 국외로 도피한 기간 동안은 공소시효가 중단된다는 사실을 당신은 모르는가. 그리고 인터폴의 추적을 피할 수 있을까.

당신은 후다닥 의자에 고쳐 앉는다. 그리고 바닥에 뒹굴던 배낭을 들고 고개를 갸우뚱거린다. 배낭은 여전히 텅 비어 있다. 당신은 배낭을 신경질적으로 흔들어댄다. 그 속에서 무언가 나올 것이 없는지 알면서도. 당신은 배낭을 선택했던 걸 후회하는가? 애초에 배낭을 선택한 건 당신의 의지였다. 어둠 속에는 권총이나 칼, 돈이나 여권도 있었다. 당신이 배낭을 선택한 이유는 숨겨두어야 할 무언가가 있기 때문이 아닌가.

당신 어둠 속을 향해 삿대질을 해가며 항의한다. 페어플레이가 아니라고? 게임의 룰인 증거를 제시하라고? 그건 형사 K의 룰이 아닌가. 하지만 흥분하지 말고 이야기를 계속해 보자. 그래서 형사 K는 어떻게 된 것인가.

*

당신은 형사 K의 수첩을 펼쳤다. 수첩에는 당신이 도난신고 전에 자동차관리법으로 경찰조사를 받았던 일부터 구청을 찾아갔던 일들까지 시간 순서대로 정리되어 있었다. 몇 장을 넘겼더니 당신과 당신의 형, 8051을 이어놓은 삼각형 도표가 나왔다. 삼각형을 이루는 각 선은 화살표로 이루어졌는데 당신과 8051에서 출발한 선은 모두 당신의 형을 가리키고 있었다. 각 선 옆에는 어떤 문자가 적혀 있었는데 동그라미를 여러 번 덧칠해서 식별이 불가능했다. 확실한 사실은 K가 처음부터 형의 존재를 알고 있었다는 것이다. 형사 K는 당신 형과 관련된 수사를 하기 위해 당신의 주변을 맴돌던 중이었다. 그때 당신이 허위로 도난신고를 하였다. 형사 K는 드러내놓고 당신에게 접근할 수 있었다. 이야기의 아귀가 들어맞는다. 하지만 어디까지나 짐작일 뿐이다. 그렇다면 사지가 뒤틀린 채 엎어져 있는 형사 K를 흔들어 다그쳐야 한단 말인가. 어떻게 된 일이냐고.

당신은 수첩을 넘겼다. 형사 K와 당신이 통화한 기

록이 깨알같이 적혀 있는 페이지가 나왔다. 그 기록은 정신질환자의 진료차트를 방불케 했다. 당신이 어떤 단어를 들으면 과민한 반응을 보이고, 어떤 상황에서 폭력적 성향을 보이는지 적혀 있었다. 수화기에 대고 30분 동안 끊임없이 무언가 지껄였다는 사실을 당신은 수첩을 보고 처음 알게 되었다. 형사 K의 기록에 의하면 당신은 금방이라도 무슨 일을 저지를 수 있는 극도로 예민한 정신 상태까지 치달았던 것이다. 당신은 의자에 앉아 머리칼을 그러쥐었다.

결과적으로 살인은 형사 K가 사주한 것이나 다름없다. 형사 K는 당신의 심리상태를 이용했던 것이다. 형사 K가 죽지 않았다면 다른 누군가가 죽었을 것이다. 허공을 향해 발사된 총알과 같다. 총을 쏘라고 시킨 사람은 형사 K이고, 방아쇠는 당신이 당겼다. 허공을 향해 최고점까지 상승했던 총알이 하강하여 누군가 맞는다면, 당신은 물론 형사 K도 미필적 고의에 의한 살인범이다. 우연히 그 총알이 형사 K의 정수리에 떨어졌을 뿐이다. 당신은 수첩을 접었다. 몸속 어딘가에서 울리던 작은 바이브레이션이 점점 커져 갔다. 그리고 울림은 이내 사이렌 소리로 바뀌었다.

*

촉수가 낮은 할로겐램프가 직경 2m 정도의 원을 만들고 있다. 형사 K 역을 맡은 연기자는 불빛 중심에 팔다리가 뒤틀린 자세로 엎어져 있다. 그 자세가 너무도 기괴해서 유머러스하게 보일 지경이다. 툭 건드리면 옷매무시를 다듬으며 일어설 것 같은, 그러고는 어둠을 향해 고개를 꾸뻑 숙이고 천연덕스럽게 퇴장할 것 같은 모습이었다.

다른 하나의 할로겐램프는 여전히 당신이 앉아 있는 의자를 비추고 있다. 당신, 배낭을 챙기는 일을 포기한 것인가. 의자에 앉아 헐렁한 배낭을 품고 있다. 당신의 배낭은 아무리 차곡차곡 쌓아도 이내 가득 차버렸다. 당신은 도주에 필요한 물건만을 배낭에 넣었다. 그렇지만 배낭이 차오를수록 가장 중요한 물건을 담지 못한 것은 아닌지 불안해졌다. 아무래도 배낭이 당신의 불안을 담아내기에는 턱없이 작은 것 같다. 그 속에는 추위를 이겨낼 옷가지와 식료품, 코펠, 버너가 들어가야 한다. 그리고 형사 K를 그 속에 담아야 하며, 당신의 불안한 마음을 삭여 줄 무언가도 담아야 한다. 그러나 당신이 가지고 있는 배낭의 크기는 고작 옷가지 몇 개를 담으면 가득 차 버릴 정도로 작다. 당신은 눈을 감는다. 사위는 어둡고 고요하다. 헐렁한 배낭이 바닥에 툭 하고 떨어진다. 당신은 사지에 힘이 빠진다. 천천히 일어선 당신 어둠 속으로 고개를 들이민다. 그리고 입을 크게 벌리고 무어라 말하기 시작한다. 당신의 증언을 입증할 유일한 증거인 형사 K의 수첩이 어디 갔는지 도대체 모르겠다고? 수첩은 오로지 당신의 진술 속에만 존재하는 것 아닌가.

자, 자, 심호흡 한 번 크게 하고, 천천히 또박또박. 이제 당신 형의 이야기를 시작해 보자.

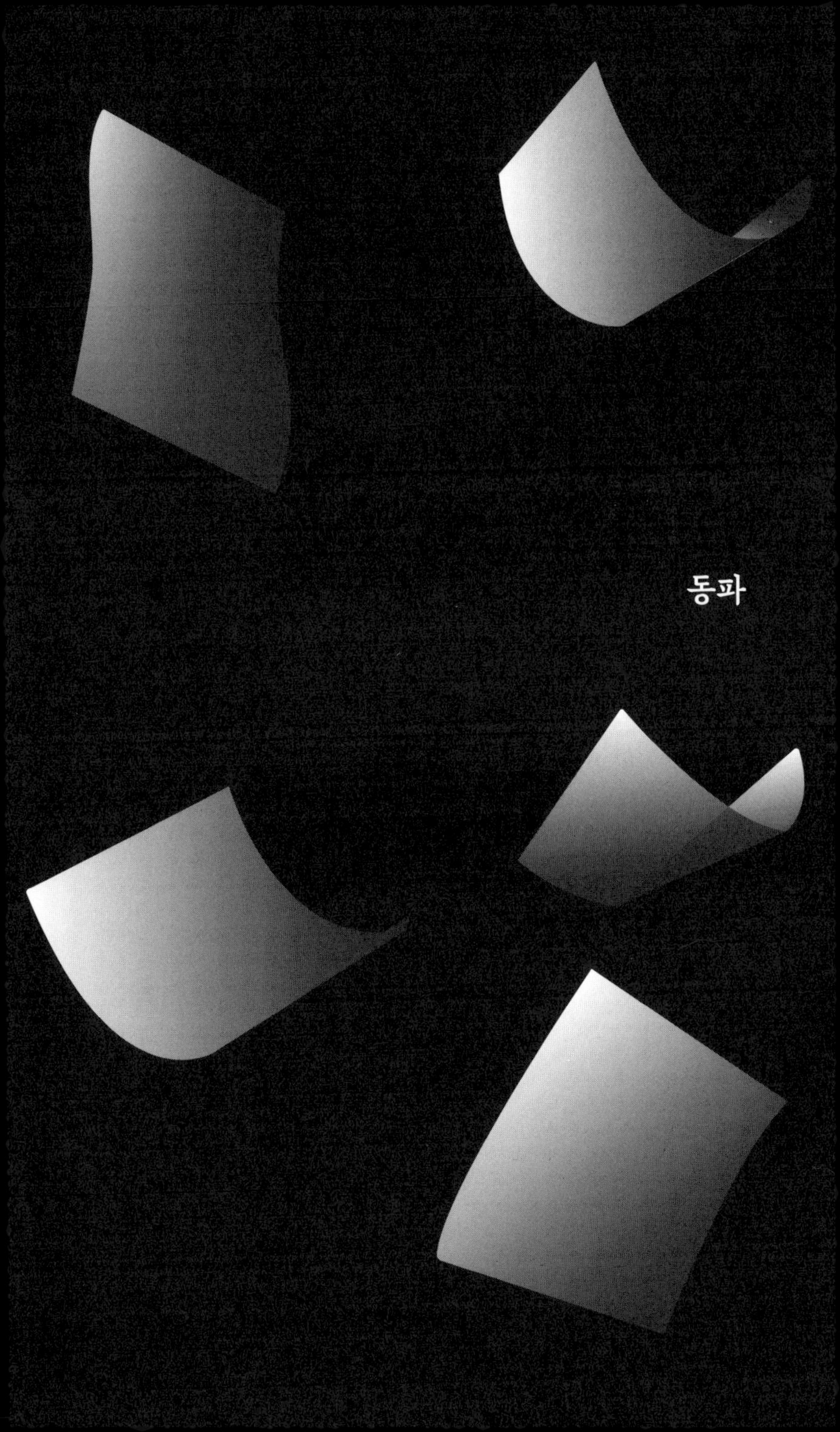
동파

P시요? 추운 건 질색인데.

J는 삭풍이 몰아치는 벌판에 서 있기라도 한 것처럼 어깨를 부르르 떨었다. 싫다고 했지만 그 떨림 속에는 내륙 산간 도시에 대한 동경과 설렘이 섞여 있었다. 그래서인지 나도 P시가 먼 북방의 설원처럼 아득하게 느껴졌다.

전화벨이 울리자 침대에 등을 기대고 있던 그녀가 티브이 소리를 줄이기 위해 리모컨을 눌렀다. 전등만 모두 꺼지고 티브이 소리는 줄어들지 않았다. 티브이 속에서는 기자가 강물과 함께 얼어 버린 오리배를 흔들었다. 둘째를 쌍둥이로 낳았다는 친구의 전화였다. 중소기업의 연구소에 다니던 친구는 재취업을 포기했다. 친구는 집 담보로 대출을 얻어 후미진 뒷골목에 호프집을 차리기로 했다. 축하한다고 했더니 무엇을 축하하느냐고 친구가 물었다.

실업 상태에서 둘째를 쌍둥이로 낳은 일이건, 대출금으로 호프집을 차린 일이건, 축하하기도 위로하기도 뭣한 일이었다. 둘째를 쌍둥이로 낳은 일이 축복받을 만한 계절은 분명 아니지, 하고 친구가 전화를 끊었다. 혹한에 태어난 아이는 유난히 건강하다는 근거 없는 덕담이라도 한마디 할 것을, 금방 후회했다. 계속 리모컨을 조작했지만 전등만 켜졌다 꺼졌다 했다. 결국 그녀는 티브이 볼륨은 낮추지 못했다.

그녀는 며칠 후 떠나자는 제안을 받아들였다. 생각을 바꾼 이유를 물었더니 어깨를 으쓱하며 별일 아니라고 했다. 하지만 처음처럼 미지의 도시에 대한 기대나 설렘은 느낄 수가 없었다.

떠나는 날은 경기 북부 지방에 폭설이 내린다는 일기예보가 있었다. 짐은 고작 스키여행이나 온천욕을 떠나는 관광객보다 조금 많은 정도였다. 굳이 눈을 피해 날짜를 변경할 필요가 없었다. 전원을 끈 전화기는 자동차의 대시보드에 넣었다. 그리고 새로운 전화기의 전원을 켜고 시동을 걸었다. 새 전화번호는 당분간 아무에게도 알리지 않을 생각이었다.

P시에 들어서자 도로에서 갓길로 밀어낸 눈더미가 가드레일 높이까지 쌓여 있었다. 눈발이 흩날리는 거리에는 종종걸음으로 걸어가는 행인이 한둘 보일 뿐이었다. 체인을 채운 군용트럭들이 묵직한 소음을 내면서 천천히 우리 차를 마주쳐 지나갔다. J는 임신

한 아랫배를 쓰다듬을 때처럼 이따금 성에 낀 차창을 손바닥으로 닦아냈다. 불확실한 앞날을 더듬어 보는 듯 느리고 어딘지 지친 손길이었다.

우리가 묵을 거처는 대학 동기인 박 변호사가 마련해 주기로 했다. 그는 이혼 전문 변호사였다. 그는 감정이 가라앉을 때까지 당분간 피해 있는 편이 좋겠다고 했다. 감정이 가라앉으면 재산 문제만 남는다며, 자신이 연락할 때까지 모든 일을 잊고 새로운 생활을 준비하라고 했다. 그의 의견에 나도 동의했다. 내게도 이것저것 엉켜 있는 문제를 차분하게 생각해 볼 시간이 필요했다.

P시 외곽의 한 동짜리 서민아파트에 짐을 풀었다. 화장실, 다용도실, 안방, 주방 겸 거실이 있는 단출한 구조였다. 주방 창문으로는 오래전 미군이 썼던 군사용 철로가 보였다. 철로는 아파트 담장을 돌아 금방이라도 무너질 것 같은 철교를 건너 시가지로 향했다. 한 떼의 아이들이 양팔을 벌리고 아슬아슬하게 철교를 건너갔다. 철교 건너편은 슬레이트 지붕에 진회색 비닐을 덕지덕지 덧씌운 영세한 공장단지였다. 공장 굴뚝에서 나온 매연은 낮게 가라앉았다가 상승기류에 휩싸

여 조금씩 희미해졌다. 공단 너머는 야산이었는데 야트막한 언덕으로 시작한 야산은 높이를 가늠할 수 없는 커다란 산줄기를 만났다.

베란다 창으로는 드문드문 농가가 있는 들판 너머 시가지까지 두루 볼 수 있었다. 시가지라고 해 봐야 이삼 층 혹은 삼사 층의 건물이 옹기종기 모인 것이 전부였다. 시선을 멀리 던지면 역시 커다란 산줄기를 만난다. 산줄기를 따라가다 보면 P시가 높은 산으로 둘러싸인 분지라는 사실을 알게 된다. 한눈에 둘러볼 수 있는 풍경이었다. 하지만 켜켜이 눈 덮인 P시는 외지인에게 그 속사정을 순순히 보여줄 것 같지 않은 완고한 모습이었다.

*

물이 안 나와요.

외벽에 맞닿은 주방 수도가 밤사이 얼어붙었다. 환기시키려고 주방 창문을 조금 열어 두고 잠든 게 화근이었다. 검지로 수도레버를 살짝 올렸더니 맥없이 젖혀졌다. 수압을 느낄 수 없었다. 나는 레버를 여러 번 여

닫았다. 그런 동작을 반복한다고 물이 나올 리 없었다.

날이 밝으면 물이 나오겠죠.

J가 쿠션을 들고 방 안으로 들어갔다. 나는 개수대 밑에 수납된 잡다한 살림살이를 끄집어냈다. 커피포트에 물을 끓여 수도레버부터 차례대로 녹여 갈 수밖에 달리 방법이 없었다. 먼저 수도와 연결된 플렉시블 호스에 더운 물을 뿌리고 휘어 보았다. 바스락거리며 얼음이 부서지는 소리가 나더니 얼마 후 호스가 유연해졌다. 다음은 벽면의 앵글밸브 차례였다. 앵글밸브 위로는 커피포트가 들어갈 틈이 없었다. 할 수 없이 더운 물에 적신 수건으로 밸브를 감쌌다. 그리고 개수대 문을 열고 보일러 온도를 올렸다. 실내온도가 올라가면 수도도 녹지 않겠는가.

멀리 중심지부터 가로등이 꺼지기 시작했다. 새벽녘이면 분지를 지나는 삭풍이 아파트를 휘감았다. 삭풍은 여러 개의 회오리바람으로 나누어져서 복도와 계단을 헤집고 다녔다. 큰 바람이 지나갈 때면 유리창이 부서질 듯 덜컹거렸다.

여명 속에 눈보라가 몰아쳤다. 눈이 내린다기보다 눈발이 바람을 타고 수평에 가깝게 휘날렸다. 어스름한 주차장에 눈을 쓸고 있는 관리소장의 모습이 희미하게 보였다. 이미 쓸어 낸 눈들이 쌓이고 쌓여서 담벼락에 비스듬한 산 사면을 만들었다. 며칠 동안 살펴보았지만 아무리 많은 눈이 내려도 아파트 주민들은 밖으로 나와서 눈을 치우지 않았다. 눈을 치우는 일은 오롯이 관리소장의 몫이었다. 사람들은 모두 어디 간 것일까? 어림잡아 백 세대가 넘어 보이는데, 지금껏 마주친 사람들은 기껏해야 예닐곱 명, 넉넉히 생각해도 열 명이 넘지 않았다.

*

누군가 우리를 찾아오지는 않겠죠?

P시까지 그녀를 찾아올 사람은 아무도 없다. 우리가 P시로 떠나왔다는 사실을 아는 사람은 박 변호사뿐이고, 그녀와 박 변호사는 한 번도 본 적이 없는 사이였다. 하지만 아무 근거도 없이 누군가 우리를 찾아올 거라고 불안해하는 그녀의 마음을 이해 못 하는 것도 아니었다. P시로 떠나는 결정을 하기까지 그녀가 겪은 일은 당연히 나와 관련된 일련의 사건들이다.

누군가 우리를 찾아올 거라는 불안감 때문인지 그녀는 문밖을 나서려고 하지 않았다. 평소의 그녀라면 이 도시의 후미진 골목까지 샅샅이 헤집고 다녔을 것이다. 낯선 도시에서 어떤 일이 생길지 알고 그러냐고 묻는다면 그녀는 이렇게 말할 것이다. 어떤 불운한 사건도 긍정의 힘 앞에서는 꼬리를 접는 법. 그 말은 그녀 인생의 로드맵이기도 했다.

J와 내가 업무 파트너 이상의 관계로 발전한 건 순전히 빌딩 사이로 불어오던 초여름 밤의 선선한 바람 때문이었다. 그녀의 회사에서 의뢰한 작업은 보름 정도가 걸리는 일이었다. 작업을 시작한 지 일주일쯤 지났을 때, 나는 생각지도 않은 일을 당했다. 차 안에 두었던 노트북을 도둑맞은 것이다. 노트북에는 지난 일주일 동안 작업한 엑셀파일과 백업한 외장하드가 꽂혀 있었다. 다른 백업파일은 없었다. 회계란 숫자로 표현하는 언어이기에 완성되지 않은 파일은 완성되지 않은 문장과 같다. 작업 중인 파일을 클라이언트에게 백업해 두는 것은 내 언어체계의 기반인 무의식을 보여주는 것과 똑같은 일이었다. 잃어버린 숫자들이 무질서하게 머릿속을 떠다녔다. 머리가 지끈거렸지만 다

른 방법이 없었다. 부유하는 숫자들을 갈무리하여 다시 작업할 수밖에. 문제는 시간이었다. 내 실수로 인해 그녀는 며칠 동안 야근하는 수고를 감수해야 했다. 직위가 어떻건 그녀는 클라이언트의 대리인이었다. 난감했다.

긍정의 힘을 믿으세요. 도리어 J는 프로젝트의 대명제를 정리할 수 있는 기회라며 나를 위로했다. 밤늦게 회사에서 나온 우리는 선선한 바람을 맞으며 지하철 쪽으로 걸어갔다. 가로수 잎이 산들거리는 초여름 밤이었다. 문득 그녀에게 무슨 얘기건 하고 싶었고, 무슨 얘기를 해도 즐거울 것 같았다. 우리는 회사 근처 모던바에서 위스키 한 병을 시켰다. 이십 대 후반의 그녀의 이야기에 나 또한 그즈음의 시간들을 더듬어 보았고, J의 다음 이야기가 궁금했다. 문득 그녀와 함께 북아프리카의 사바나 기후 지역으로 여행을 떠나고 싶었고, 어느 순간 그녀의 얼굴을 만져 보고 싶었다. 이따금 바텐더가 한마디씩 거드는 깔끔한 추임새에 그녀와 나는 더욱 취해 갔다. 우리는 위스키를 모두 비웠다. 무엇을 해도 신선할 것 같은 도시의 초여름 밤이었다.

내 말 듣고 있어요?

나는 개수대 밑에 머리를 박은 채 열선을 앵글밸브에 감고 있던 중이었다. 등 뒤로 오른손을 빼내 엄지와 검지를 둥글게 모아 오케이 신호를 보냈다. 수도를 녹이는 일은 도시의 선선한 초여름 바람을 맞으며 걷는 것처럼 로맨틱하지 않았지만, 눈 덮인 산중에서 임신한 암컷을 위해 파수를 서는 수컷 초식동물의 심정만큼 절박한 일이었다.

20센티미터의 틈을 두고 설치된 두 개의 앵글밸브에 열선을 교차하여 감는 일은 생각처럼 쉽지 않았다. 열선의 길이가 충분하지 않았고, 무엇보다 좁은 공간 탓에 양손이 자유롭지 않았다. 개수대를 뜯어내면 작업이 쉽겠지만, 개수대는 벽에 실리콘으로 견고하게 고정되어 있었다.

십여 분을 꼼지락거려 엉성하게나마 열선을 감을 수 있었다. 이제 플러그를 꽂으면 얼음이 조금씩 녹을 것이다. 얼음이 녹으면서 작은 공기방울들이 뽀글뽀글 피어오르고, 얼마 후면 수돗물이 콸콸 쏟아질 것이다. 수도가 녹더라도 겨우내 열선을 감아 두고, 밤이면 수도꼭지를 조금 열어 두어야 한다. 겨울이 얼마나 길고 더 깊어질지 짐작할 수 없기 때문이다. 조금 기다리면 수도가 녹을 거라는 말에 J가 지친 듯 눈을 감았다.

이미 얼어 버린 배관은 쉽게 녹지 않을 텐데.

어스름이 내리는 잿빛 아파트를 올려다보며 관리소장은 괜한 짓을 했다는 말투였다. 거대한 콘크리트 덩어리인 아파트는 겨우내 최저점을 향해 얼어 가다가, 봄이 오면 천천히 녹기 시작하는데 지금은 최저점에 도달한 시기라는 말이었다. 경비까지 겸하고 있는 관리소장은 초로의 노인이었다. 허리가 구부정한 그는 하루 종일 빗자루를 손에서 내려놓지 않았다. 말하면서도 마른 눈발을 쓸어 댔다. 어찌 보면 건성으로 비질을 하는 것처럼 보였다.

겨우내 얼어 가는 콘크리트 온도는 영하 10도 이하이지. 그 속의 수도 배관도 흐르지 않으면 금방 영하로 떨어져서 얼어 버리지. 미세한 충격이나 작은 온도 변화에도 금세 얼어 버리는 게야. 아무도 모르게 동파될 준비가 되어 있는 거지.

이미 얼어 버린 수도를 녹이려면 배관뿐 아니라 주변의 콘크리트까지 녹여야 한다는 말이었다. 노인은 직사각형의 잿빛 콘크리트 덩어리를 아득히 바라보며 어깨를 부르르 떨었다. 그 모습이 얼음창고를 지키는 창고지기처럼 어쩐지 을씨년스럽게 보여 오싹 소름이 돋았다.

*

숨이 턱 막혔다. 비닐이나 플라스틱 재질이 타는 냄새였다. 불이 났나? 건물이 데워지면 수도가 녹겠구나. 비몽사몽간에도 웃음이 나왔다. 꿈이 아니라는 각성에 벌떡 일어나 전등을 켰다. 연기는 없었다. 앵글밸브에 감아 두었던 열선과 테이프의 휘발성분이 날아가면서 풍기는 냄새였다. 환기를 시키고 열선을 풀어냈다. 앵글밸브는 손으로 부여잡기 어려울 정도로 뜨거웠다. 하지만 물은 나오지 않았다.

J가 배를 어루만지며 거실로 나와 벽에 비스듬히 기대었다. 나는 그녀의 어깨에 이불을 덮어 주었다. 그녀의 배가 며칠 사이 조금 더 부푼 듯이 보였다. 푸석해진 얼굴에는 검은 기미가 눈에 띄게 늘었다.

작은 돌부리에 걸려 넘어지는 순간 불현듯 삶이 고

되고 힘들다는 생각에 길바닥에 주저앉아 펑펑 울어 본 사람이라면 알 것이다. 절망이란 시련의 크기와 반드시 비례하지 않는다는 사실을.

물이 나오지 않는 날이 지속되자 끼니를 준비하기가 번거로웠다. 화장실에 쭈그리고 앉아 설거지하면서도 J는 소풍 나온 아이처럼 허밍을 불었다. 하지만 번잡스러웠다. 배달 음식을 시켜 먹는 날이 늘었다. 도시 전체가 빙판이라 배달되는 음식도 몇 종류 되지 않았다. 그마저도 눈을 핑계로 한두 시간 후에나 배달되었다. 한번은 퉁퉁 불어 풀리지 않는 면을 젓가락으로 헤집어 보다 그대로 돌려보내기도 했다. 며칠 더 지나자 컵라면 같은 인스턴트식으로 끼니를 때웠다. 인스턴트 음식은 보기 좋게 포장된 만큼 쓰레기 또한 많이 배출되었다. 쓰레기봉투를 10리터용에서 50리터용으로 바꾸었다. 반쯤 차 있는 쓰레기봉투와 수납장에서 나온 물건들이 뒤섞인 주방은 그야말로 난장판이었다. 집 안이 난장판이 되면서부터 숨이 죽어 가는 채소처럼 그녀에게서 무언가 빠져나가기 시작했다.

나는 집 안 곳곳을 뒤져 찾아낸 연장통에서 렌치를 꺼냈다. 렌치로 플렉시블 호스를 풀었다. 렌치가 여러 번 헛돌았다. 미끄러진 렌치에 다친 왼쪽 검지가 욱신거렸다. 한참 만에 간신히 플렉시블 호스를 풀어낼 수 있었다. 나는 벽에 붙은 밸브 속에 새끼손가락을 집어넣었다. 손가락 한 마디도 채 들어가지 않을 만큼 좁은 구멍이었다. 할 수만 있다면 연기처럼 스며들어 배관 속으로 들어가고 싶었다. 도대체 그 속에는 무슨 일이 벌어지고 있는지, 직접 눈으로 확인해야 직성이 풀릴 것 같았다. 나는 숟가락으로 앵글밸브 속에 더운 물을 떠 넣었다. 몇 숟가락 들어가지 못하고 물이 흘러넘쳤다. 물이 넘쳐도 계속 숟가락질을 했다. 백 번쯤 혹은 이백 번쯤 아니 오백 번쯤. 계속해서 뜨거운 물을 부으면 0.001도씩 올라가는 물의 온도가 언젠가는 빙벽을 녹일 것이다.

초저녁보다 거세진 바람이 아파트 외벽에 부딪혀 소용돌이쳤다. 이따금 헐거워진 현관문이 바람에 덜컹거렸다.

*

저기 봐요! 탱크들이에요.

창밖을 보고 있던 J가 아이처럼 손뼉을 치며 나를 불렀다. 시내를 관통하는 중앙로 위로 십여 대의 탱크들이 줄지어 행군하고 있었다. 벌건 대낮에 탱크가 시내를 관통하는 모습은 전방 군사도시인 P시에서나 볼 수 있는 모습이었다. 그녀는 그 모습이 시가 퍼레이드처럼 그저 신기한 모양이다.

불안해요.

J가 내 어깨에 머리를 기댔다. 그럴 때면 햇살이 한 움큼 어깨에 내리쬐는 것처럼 따스한 중력을 느낀다.

뭐가?

그냥. 수도가 더 얼어버리는 건 아닌지. 내일은 화장실 수도까지 얼어버리는 건 아닌지. 그리고 마지막에는 방바닥까지 얼어버리는 건 아닌지. 불안해요.

탱크 행렬이 서서히 시가지의 낮은 건물 속으로 사라지고 있었다.

언젠가는 눈발이 흩날리는 거리와 탱크 행렬이 지나갔던 모습을 무심히 추억하는 날이 오겠죠. 지독하게 추운 겨울이었다는 생각을 할 것이고, 그곳이 북방의 어느 도시였다고 생각하겠죠. 하지만 P시라고 선뜻 기억나지 않을 수도 있겠죠?

눈발이 점점 짙어지고 있었다. 누군가 주차된 차 위에 쌓인 눈을 쓸어 내리고 있었다. 쌓인 눈은 족히 20센티미터가 넘어 보였다. 주차장 구석에 세워 놓았던 승용차는 쌓인 눈 때문에 내 차인지 남의 차인지 구별할 수가 없었다. 나는 창에 입김을 불었다. 그리고 하얗게 서린 성에를 손바닥으로 닦아냈다. 나는 J의 말을 어쩌면 누구와 같이 있었는지 선뜻 떠오르지 않을 수도 있다는 의미로 들었던 것이다.

내 말 듣고 있어요?

*

낯선 전화번호였다. 새 전화번호를 아는 사람은 박변호사밖에 없는데도 왠지 전화 받기 망설여졌다. 광고용 스팸 전화이거나, 잘못 걸려온 전화일 수 있었다. 나는 베란다 문을 열고 나가면서 전화를 받았다. 수화기 저쪽에서 드릴로 벽을 깨부수는 소리와 함께 낯선 남자의 목소리가 들렸다. 관리소장이 알려준 공사업자의 전화였다. 그는 부재중 메시지를 보고 전화한 것이다. 심한 소음 때문에 그의 목소리가 드문드문 끊겨서 들렸다. 그는 한파가 밀려오면서 도시 전체가 얼음 덩어리가 되었다며, 자신을 기다리는 것보다 날씨가 풀리기를 기다리는 편이 빠를 거라고 했다. 그리고 무어라고 소리치다 전화가 끊겼다. 다시 걸었더니 전화를 받지 않았다. J는 모로 누워 전화하는 나를 보고 있었다. 나는 아무 일도 아니라는 뜻으로 양 손바닥을 펴고 어깨를 으쓱해 보였다. 그녀가 반대편으로 돌아누웠다.

나는 천장을 올려다보았다. 건물 어디선가 망치로 벽을 두드리는 소리가 들렸기 때문이다. 바로 위층에서 들리는 소리 같기도 하고, 몇 층 건너뛴 곳에서 들리는 소리 같기도 했다. 전화 속의 소리가 기계적이고 규칙적이었다면, 벽을 타고 울리는 소리는 무질서하고 매번 강약이 다른 진동이었다. 벽을 부수는 소리라기보다는 벽 속을 고집스럽게 파고드는 묵직한 소리였다.

나는 701호의 문을 두드렸다. 먼지투성이의 중년 사내가 문을 열었다. 사내는 한 손에 커다란 망치를 들고 있었다. 서너 평의 주방은 벽에서 떼어 낸 싱크대와 깨진 시멘트 덩어리로 엉망이었다.

기다리기도 지쳐어.

사내의 왼손에 들려 있었을 정이 벽에 수평으로 박

혀 있었다. 사내 또한 수리공을 며칠째 기다리던 참이었다. 사내는 다시 망치질을 시작했다. 육체노동에 서툰 내가 보기에도 사내의 망치질 실력은 형편없었다. 더구나 방법도 틀렸다. 배관을 끄집어내려면 벽면을 더 넓게 깨야 할 텐데 사내는 박힌 정을 더 깊이 박고만 있었다. 정과 망치를 빼앗고 싶을 정도였다. 계속 보고 있자니 갑갑해졌다. 비단 사내의 망치질 때문만은 아니었다. 건물 전부를 부숴서라도 얼어버린 수도관을 찾아내고 싶었다. 모든 게 얼어버린 수도 탓이라고 생각했다. 어디가 얼마나 얼었는지, 수도관의 배를 갈라서 두 눈으로 똑똑히 보지 않고는 견딜 수 없을 만큼 답답했던 것이다.

*

J는 모로 누운 채 종일 티브이만 보았다. 웅크린 그녀의 뒷모습은 원래부터 그 자리에 설치되어 있었던 조형물 같았다. 나도 그녀의 등 뒤에 무기력하게 기대앉아 티브이를 볼 수밖에 달리 할 일이 없었다.

벌써 며칠째 체감온도가 영하 20도 이하로 떨어졌

고, 하루건너 하루씩 눈이 내렸다. 제설작업이 멈춰버린 도시는 그야말로 임시휴업 상태였다. 박 변호사의 조언처럼 P시 근처의 유황온천에서 온천욕을 한다거나 리조트에서 설경을 즐기는 일은 엄두가 나지 않았다. 차를 움직이는 것은 물론 아파트 인근을 산책하는 일도 여간한 결심이 서지 않고는 할 수 없었다.

티브이에서는 툰드라 지역에 관한 다큐멘터리가 방송되고 있었다. 수천 년 동안 설원의 대자연과 소통해 왔던 샤먼이 어린 양의 뜨거운 피를 눈밭에 뿌렸다. 가장 깨끗한 피를 신에게 바치는 의식이었다. 김이 모락모락 나는 핏자국이 파문처럼 설원에 아로새겨졌다.

샤먼은 카메라 앞에서 자신에게 더 이상 누군가를 치유할 수 있는 능력이 없고, 자연의 말을 들을 수도 없다며 울음을 터트렸다. 어린 양의 피만큼 뜨거운 눈물이었다. 나는 뜨겁게 고백할 수 있는 샤먼의 마음을 이해할 수 있었다. 만약 내 속에서 무언가 끄집어내어 고백한다면 아마도 그것은 유통기한이 얼마 남지 않은 열정일지 모르겠다. 보여주려고 꺼내는 순간 삭풍에 식어버리는, 그리하여 애초에 무엇이었는지 분간하기 어렵게 변해버리는, 내 속에 도사리고 있는 그것을 나는 애써 모른 척하고 있는 것인지 모르겠다.

*

이번 겨울이 가장 추운 겨울이라고 생각하겠지만 다음 해 겨울은 더 추워질지도 모르지. 수도뿐 아니라 아파트 전체가 얼어버릴 수도 있겠지. P시에서 추위는 새삼스러운 일이 아니니까. 어디가 얼었는지 궁금하면 눈으로 직접 확인해 봐.

수도를 녹였냐는 내 질문에 701호 사내는 선문답과 함께 망치와 정을 내밀었다. 묵직한 무게감 때문인지 P시에 와서 처음으로 안정적인 느낌이 들었다.

그는 두 달 전에 P시로 왔다고 했다. P시는 그가 군대 생활을 처음 시작한 곳이다. 시가지는 이십 년 전이나 지금이나 별반 바뀌지 않았다. 밤이면 클럽 골목을 채우던 미군 대신 동남아계 노동자들이 그 자리를 채우고 있다는 것이 변화라면 변화였다.

이십 년을 부사관으로 복무하다 예편한 그는 사회 물정에 어두웠다. 같이 죽자고 머리를 들이대는 빚쟁이들에게 배포 있게 배를 내밀 만한 담력도 없었다. 그에게 필요한 건 파산조력자였다. 파산을 조력하다니. 나는 하마터면 웃음을 터트릴 뻔했다. 하지만 웃을 수 있는 얘기가 아니었다. 그는 경영이 어려워진 식료품 도매상점과 살고 있던 집을 조력자에게 맡기고 야반도주했다. 조력자는 훨씬 전에 예편한 군대 동기였다. 그는 동기의 연락을 기다리고 있었다. 동기는 그가 갚아야 할 빚을 채권자와 흥정하여 일부만 갚을 수 있다고 자신했다. 재산을 처분한 돈으로 빚을 갚고 그에게 연락하기로 하였다. 그런데 그 동기는 두 달이 넘도록 연락이 두절된 상태였다. 그는 동기의 신변에 무언가 문제가 생겼다고 믿었다. 그가 기억하는 동기는 그를 배신할 사람이 아니었다. 아귀가 딱 들어맞는 사기극을 보는 느낌이었다. 논리적으로 생각해 본다면 701호 사내처럼 낙관적으로 생각할 사람은 한 명도 없을 것이다. 하지만 자신에 대해서는 공정한 논리의 잣대를 들이대기 힘든 법이라고 나는 한발 물러서 너그럽게 생각했다.

때로는 잘못 온 건지 뻔히 알면서도 끝까지 가 보는 길도 있지.

망치를 건네고 돌아서는 그의 등허리는 1라운드에

KO패를 당하고 링에서 내려오는 복서의 뒷모습처럼 잔뜩 구부러져 있었다.

부서진 시멘트 가루 때문에 주방은 그야말로 엉망이 되었다. 숫제 신발을 신고 다녀야 했다. 멀쩡한 수도관을 부수거나, 벽 속에 설치된 알 수 없는 장치를 고장 내면 어쩌나 하는 마음에 망치질은 더뎠다. 앵글밸브와 연결된 배관을 찾아내는 데 꼬박 한나절이 걸렸다.

배관은 수직으로 방바닥 깊이 숨어들었다. 나는 다음 작업에 앞서 배관이 지나간 자리를 예상해 보았다. 현관문 밖 수도계량기에서 출발한 배관은 보일러를 거치면서 온수관과 냉수관으로 분리된다. 두 가락이 된 배관은 화장실에 분기하고, 마지막으로 주방에서 끝난다. 가장 짧은 거리를 생각한다면 당연히 배관은 그렇게 갔어야 한다. 하지만 수학적 합리성이 아닌 전혀 다른 논리에 의해 배관이 분기되고 합쳐졌을지 모를 일이다. 자신 없었다. 바닥을 들어내 눈으로 확인하기 전까지는 무엇도 확신할 수 없었다.

J는 베란다에 나가 창밖을 보고 있었다. 그녀는 정말 누군가 찾아올 거라고 생각하는 것인가. 무슨 일이

건 벌어지기를 바라는 것인가.

방바닥을 깨더라도 변호사에게 허락을 받아야 하지 않을까요?

J가 안으로 들어오면서 분명 변호사라고 했다. 그녀 스스로도 짐짓 놀란 모양이다. 나는 그녀에게 박 변호사에 대해 말한 적이 없었다. 나는 이혼 전문 변호사를 이미 선임했어. 내가 박 변호사에 대해 말하는 순간 그런 말이 되는 것 같았다. 그리고 그것은 당연히 헤어질 아내에 대한 연상으로 이어질 것이다. 나는 J가 아내에 대해 되새기면서 부질없이 감정을 소모하지 않기를 바랐다.

한편으로는 박 변호사에 대해 말하지 않는 것이 헤어질 아내에 대한 최소한의 예의라고 생각했다. 변호사를 떠올리면 아내는 이혼소송의 피고로만 치부되는 느낌이 들었기 때문이다.

그러나 다른 한편에는 헤어질 아내에 대해 인간적인 예의를 지키는 사람이라는 걸 J가 알아주길 바라는 마음이 없었다고는 할 수 없다. 말하자면 나는 박 변호사에 대해 말하지 않음으로써 J를 배려하는 마음과 아내를 인간적으로 존중하는 모습까지 보여 주고 싶었던 것이다. 그런데 그녀가 변호사라고 말하는 순간 그 수는 노림수가 아니라 꼼수가 되어 버린 느낌이었다. 어색한 침묵이 잠시 동안 흘렀다.

바닥을 조금 더 깨면 어디가 얼마만큼 얼었는지 알게 될 거야.

내 목소리는 예기치 않게 컸다. 그녀가 뒤돌아보며 양손을 펴고 어깨를 으쓱했다.

*

방바닥은 벽면보다 쉽게 부서졌다. 하지만 아무리 파 내려가도 배관은 여전히 수직으로만 내려가고 있었다. 10여 센티미터 가까이 파 내려가자 스티로폼 층이 나왔다. 하얀 스티로폼 가루들이 온통 주방 바닥에 흩어졌다. 쌀 알갱이 같은 스티로폼 가루들이 장갑과 옷에 들어붙어 떨어지지 않았다. J는 손사래를 치며 방으로 날아드는 스티로폼 가루들을 쓸어 냈다. 스티로폼 층을 한참 파내자 다시 콘크리트 바닥이 나왔다. 콘크리트 바닥에서 싸늘한 한기가 올라왔다. 배관은 그 지점에서 수평으로 꺾여 예상대로 화장실 방향으로 향했다. 이런 방법이라면 주방을 가로질러 화장실 앞까지 방바닥을 들어내야 할 텐데, 엉망이 될 집 안을 생각하니 도저히 엄두가 나지 않았다. 나는 털썩 주저앉아 벽에 등을 기댔다. 육체노동에 단련된 몸이었다면 좀 더 쓸모 있었을 거라는 생각에 더욱 기운이 빠졌다.

창밖으로 마른 눈이 내렸다. 관리소장은 눈이 오기를 기다리고 있던 사람처럼 눈발이 떨어지기가 무섭게 빗자루를 들고 주차장으로 나왔다.

관리소장은 정말로 눈이 오기를 기다리고 있는지 모른다고 생각했다. 누구 하나 거들어 주지 않아도 좋다. 몸이 좀 고된 것은 문제가 아니다. 비질로 인해 자신의 존재 가치가 망각되지 않게 하는 것이다. J에게 열어 버린 부분을 반드시 보여 주겠다고 방바닥을 깨부수고 있는 내 심정이 어쩌면 관리소장과 비슷한 것인지도 모른다고 생각했다.

관리소장은 계속해서 눈을 쓸어 내고 있었다. 나는 팔뚝을 걷고 다시 망치질을 시작했다. 차갑게 식어 가던 몸이 서서히 데워지는 느낌이었다.

가로등에 비친 눈발이 점점 굵어지고 있었다. 차를

덮고 있던 눈더미를 쓸어 내릴 때는 방전을 막기 위해 잠깐 동안 시동을 걸어 놓고 나올 생각이었다. 그러나 사방이 눈으로 덮인 차 안에 앉아 있자니 문득 대시보드에 들어 있는 전화기가 생각났다. 나는 얼음처럼 싸늘한 전화기를 꺼내 한참 쥐고 있었다. 하지만 선뜻 전화기의 전원을 켜지 못했다. 전화기가 판도라의 상자처럼 내가 감당하지 못할 무언가를 쏟아낼 것 같았기 때문이다.

쥐고 있던 전화기가 체온으로 차츰 미지근해지자 나는 무심히 전원 버튼을 눌렀다. 메시지가 도착했다는 신호가 연거푸 울렸다. 나는 손바닥으로 전화기의 화면을 가렸다. 얼마 후 메시지 도착 신호가 잦아졌다. 입김이 엉긴 차창에 성에가 꼈다. 나는 등받이를 뒤로 젖히고 누웠다. 켜켜이 쌓인 눈을 통과한 가로등 불빛이 노을빛에 물드는 호수처럼 은은하게 빛났다. 차 안이 점점 따스해지기 시작했다. 나는 어두워진 전화기의 액정을 한참 들여다보았다. 그리고 전원을 끈 전화기를 원래 있던 대시보드에 넣고 차 문을 닫았다. 자동잠금장치가 삑 소리를 내자 무언가 할 말을 유보한 것처럼 입술이 부르르 떨렸다.

*

새벽 어스름에 물든 잿빛 아파트는 거대한 빙벽이었다. 빙벽을 타고 내려온 물은 주차장 바닥을 빙판으로 만들었다. 어디에서 왔는지 한 무리의 아이들이 얼음을 지치며 몰려다녔다. 관리소장은 빗자루를 들고 아이들을 쫓기에 바빴다.

관리사무소 앞에는 일찍이 내가 P시에서 만났던 모든 사람의 수보다 많은 사람들이 모여 있었다. 701호 사내도 사람들 속에 끼어 있었다. 웅성거리는 무리에서 벗어난 몇몇 사람들은 시청과 소방서에 전화를 걸었다. 옥상 물탱크가 터지면서 흘러내린 물이 밤사이 외벽을 타고 그대로 얼어 버린 사고였다.

사람들은 아침을 짓기 위해 수도레버를 돌리기 전까지, 변기의 물을 내리기 전까지 물이 나오지 않는다는 사실을 몰랐다. 머리에 잔뜩 샴푸를 뒤집어쓴 말단 하사관은 수도꼭지를 입으로 쪽쪽 빨아댔지만 물이 나올 리 없었다.

빙벽은 하룻밤 사이에 생겼다고는 믿기 어려울 만큼 웅장했다. 빙벽의 꼭대기에는 물기를 머금은 커다란 고드름이 위태롭게 매달려 있었다.

이쯤에서 그만하는 게 어떨까요?

J가 시멘트와 스티로폼 가루로 더러워진 바닥을 쓸면서 내게 말했다. 나는 걷어냈던 장판을 원래 위치대로 덮었다. 깬 벽을 시멘트로 메우지 않은 채 개수대를 벽에 붙였다. 그리고 앵글밸브와 플렉시블 호스를 부착했다. 하지만 개수대는 고정되지 않아 흔들렸고 여전히 물은 나오지 않았다. 난삽하게 널려 있던 물건들을 모두 정리하면서 가능한 한 모든 것을 원래의 상태로 되돌려 놓았다. 이젠 얼었던 수도가 스스로 녹기를 기다리는 일밖에 더 이상 할 일이 없었다.

더 이상 기다릴 수 없다며 누군가 시청에 가서 항의하자고 했다. 사람들이 아파트 입구로 빠져나가며 같이 가자고 손짓했다. 701호 사내가 내 팔을 잡아챘다. 나는 팔짱을 슬그머니 빼냈다. 생각해 보면 나는 이 아파트의 주민도 아니고, P시의 시민도 아니었다. 아직 무엇이라고 말할 수 없는 상태의, 그저 기다리고 있는 사람일 뿐이었다. 사내가 야무지게 팔을 잡아챘다.

지금 이 순간에 이 일보다 더 중요한 일이 있나? 누가 이 문제를 사소한 문제라고 말할 수 있지?

사내는 격양되어 있었다. 마치 자신을 둘러싼 모든 사건에 대해 시청에 가서 따져 묻겠다는 듯이. 나는 사내에게 끌려가면서 빙벽을 바라보았다. 빙벽은 푸른 새벽빛을 머금고 은은하게 빛났다. 그리고 보라색 임부복을 입고 있는 J가 보였다. 그녀는 베란다에서 여태껏 주차장에서 벌어진 소동을 보고 있었던 모양이다. 나는 그녀를 향해 손을 흔들었다. 조금 시간을 두고 그녀가 천천히 손을 흔들었다.

J가 입은 임부복은 P시에 도착하던 날 산 것이다. 아파트에 도착하자마자 나는 그녀에게 임부복을 입어보라고 했다. 그녀는 임부복을 입을 정도로 배가 부르지 않은 상태였다. 하지만 나는 그녀가 임부복을 입은 모습을 보고 싶었다. 그녀는 나중에요, 라고 했다.

J가 임부복을 입은 모습을 보고 나는 왜 '나중에'라는 단어가 떠올랐을까. '나중에'라는 단어가 내 속에서 점점 도드라졌다. 어쩌면 내가 돌아왔을 때, J가 떠나고 없을지도 모른다는 예감이 들었다. 하지만 나는 사내가 잡아채는 손길에 몸을 맡겼다.

막 아파트 입구를 빠져나오던 순간이었다. 우지끈 하고 빙벽에 금 가는 소리가 들렸다. 아무도 못 들은 건

가. 나는 아파트 경계에서 걸음을 멈추었다. 얼음을 지치는 아이들도 아이를 쫓는 관리소장도 못 들은 것인가. 아이들은 여전히 빙판을 헤집고 다녔고, 관리소장은 그 뒤를 쫓았다. 사내가 내 팔을 더 억세게 잡아당겼다. 앞서 떼 지어 걸어가는 주민들의 뒷모습이 아파트 담장을 끼고 사라지고 있었다.

다시 뒤돌아 빙벽을 보았다. 빙벽이 보라색 실루엣으로 점점 넓게 번지고 있었다. 아무도 못 보았나. 새벽하늘과 보라색 실루엣이 뒤섞이면서 빙벽이 점점 물드는 모습을. 문득 내 속에서 무언가를 끄집어내고 싶었지만 여전히 그것이 뜨거운 것이라고 장담할 수는 없었다.

나는 고개를 설레설레 흔들며 사내의 팔에 이끌려 아파트 담장 모서리를 천천히 돌아 나갔다.

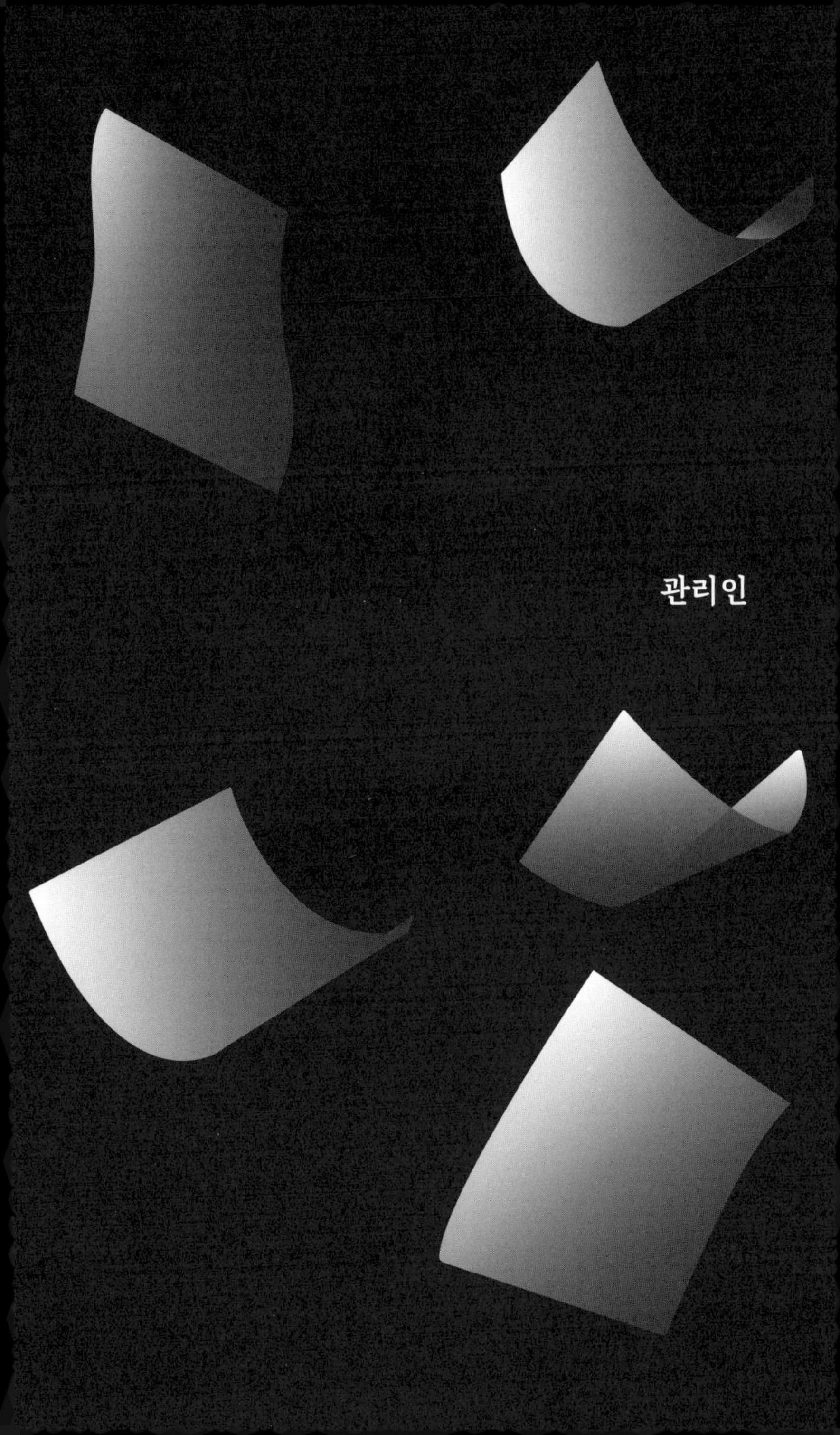
관리인

— **요양병원**

거대한 철문이 도로를 막아섰다. 산길을 달려온 낡은 승용차가 헉헉대며 가쁜 숨을 몰아쉬었다. 삐걱거리는 차문을 열고 사내가 내렸다. 오랜 운전에 지친 얼굴. 사내는 양손을 무릎에 얹고 서너 번 무릎을 굽혔다 폈다 했다. 그리고 철문을 향해 뚜벅뚜벅 걸어갔다. 그는 손가락으로 철문을 슬쩍 밀어 보았다. 호기롭던 발걸음이 무색할 뿐, 움직일 리 없지 않은가. 손가락에 진회색 페인트가 듬뿍 묻은 것처럼 기분만 눅눅해졌다. 그는 바지춤에 손가락을 닦아냈다. 그때 바람을 가르며 무언가 낙하하는 소리. 그는 고개를 들었다. 무겁게 내려앉은 하늘과 아스라이 높은 철문의 경계가 모호했다. 유럽풍 쇠창살에 물기가 서려 있었다. 똑, 사내의 이마에 물방울이 떨어졌다.

사내가 철문을 두드렸다. 팔꿈치가 찌릿찌릿했다. 그러나 육중한 철문은 꿈쩍도 하지 않았다.

우편함 크기의 작은 창이 철컥 열렸다. 늙은 인쇄공의 하품처럼 천천히, 경비원이 창틈으로 주변을 살폈다. 덩달아 고개를 돌려 등 뒤를 살피지만 잔뜩 구겨진 먹구름과 산비탈의 빽빽한 나무들, 그리고 스산한 바람 소리뿐이었다. 창이 닫히자 묵직한 파열음을 내면서 철문이 서서히 열렸다.

원무과장이 병실 전등을 하나씩 켜며 걸어갔다. 병원이 파산 지경에 이른 이유를 구구절절 설명하고 싶지 않다는 의미인가, 별관 병실은 대부분 비어 있었다. 오랫동안 켜진 적 없는 전등들이 부르르 떨면서 가까스로 켜졌다. 그는 원무과장이 켜 놓은 전등을 하나씩 끄면서 뒤를 쫓았다.

사 층으로 올라가는 계단 앞에서 원무과장이 걸음을 멈췄다. 원무과장이 사 층은 정신병동이라며 둘러볼 필요가 없지 않느냐고 물었다. 계단참에 드리웠던 그림자가 슬그머니 사 층으로 사라졌다. 그의 대답을 듣지도 않고, 원무과장은 이미 이 층으로 내려가고 있었다.

"노인병동에 들어와서 살아 나간 사람은 한 명도 없을 겁니다."

본관 노인병동에 접어든 원무과장이 그에게 속삭였다. 미지근한 입김이 그의 귓가를 스쳤다. 그는 원무과장의 눈을 피해 귓가를 쓸어내렸다.

위층으로 올라갈수록 노인들의 병세가 심해졌다. 중환자실이 있는 사 층 병실에는 대부분의 환자가 산소호흡기를 부착한 채 누워 있었다. 그는 병상에 누운 노인과 눈이 마주쳤다. 몸 어디에서도 붉은 기운이라곤 찾아볼 수 없는 창백한 백발노인이었다. 무언가 할 말이 있는 듯 힘겹게 입술을 벙끗거렸다. 그러나 소리가 되지 못했다. 그는 뒤돌아 지나온 복도를 보았다. 어떤 유보나 암시도 없이 죽음으로 향하는 통로를 보는 것 같아 어깨 언저리가 서늘해졌다.

원무과장이 별관 물리치료실을 둘러보자며 그의 소매를 잡아당겼다. 물리치료실은 별관을 둘러볼 때 이미 지나쳤다. 그는 원무과장의 손길을 뿌리쳤다. 원무과장이 의아한 표정을 지었다. 그는 벌써 두 시간째 원무과장을 좇아 병원 곳곳을 돌아보았던 것이다.

"그런데 병원장은 어디 있는 겁니까?"

*

"원장님은 출장 중입니다."

닥터 A가 결정문을 받아들고 복도 저편으로 걸어갔다. 그는 A의 곁에 따라붙었다.

"병원이 파산되면 보증인인 당신이 모든 빚을 떠안게 됩니다."

A가 걸음을 멈췄다. 삼십 대 후반쯤. 탈모가 심한 A는 급격하게 노화가 진행되는 청년의 얼굴이었다. 젊음과 늙음이 공존하는 A의 얼굴에 드리운 피곤한 기색. 그것은 오래된 가운의 얼룩처럼 수백 번 세탁해도 지워지지 않을 것 같았다. 그는 어쩌면 A가 삼십 대 중반도 안 되었을지 모른다고 생각했다. 닥터 A가 차트를 펼쳤다.

"지금은 회진 중입니다."

A가 바쁘게 계단을 내려갔다. 그는 A의 뒤를 따라갔다. A가 계단참에 갑자기 멈췄다.

"저는 페이닥터일 뿐입니다. 원장님께 이야기하시죠."

원장과 상관없이 관리인으로서 전달할 사항이 한두 개가 아니었다. 그러나 A가 계단 밑으로 사라졌기 때문에 아무 말도 꺼내지 못한 그의 입술이 민망한 듯 떨리고 말았다.

먼지가 자욱한 서류 상자를 천천히 열었다. 오랜 세월 이야기를 품고 있던 먼지들이 삽시간에 사무실을 가득 채웠다. 그 이야기를 한꺼번에 듣기 버겁다는 듯 그는 연거푸 재채기를 했다. 푸푸. 원무과장은 입김으로 먼지를 밀어내며 사무실 문턱까지 물러났다.

"수간호사를 신문할 테니 불러 주시오."

그가 재채기를 참으며 원무과장에게 말했다. 원무과장이 한 걸음 물러섰다. 그리고 역광이 비치는 복도 저편으로 사라졌다.

관리인으로서 그의 첫 번째 임무는 이해관계인에 대한 신문이었다. 신문조서를 첨부한 관리인 보고서를 기한 안에 법원에 제출해야 한다. 채무를 삭감하고 십 년 동안 분할 상환하는 회생 프로그램을 진행할 것인지, 병원을 매각하고 파산시킬 것인지를 결정하는 보고서가 될 것이다.

신문 대상자별로 분류한 서류를 원탁에 쌓았다. 그때마다 낡은 원탁이 좌우로 심하게 흔들렸다. 그는 사무실을 둘러보았다. 병실을 급조해서 만든 사무실이었다. 집기들은 곳곳에서 모아 온 듯 색깔과 크기가 제각각이었다. 더구나 환자용 침상을 두고 숙소를 겸하라 했다. 쾌적한 근로환경은 아니군. 그는 흔들리는 원탁에 종이를 고이며 혼잣말을 했다.

"수간호사가 원장님이 돌아온 후 신문에 응하겠답니다."

언제 왔는지 원무과장이 문밖에 서 있었다. 수간호사의 의사라기보다 원무과장의 의지가 아닌지 의심스러웠다. 법원이 관리인에게 해고를 포함한 모든 인사 권한을 위임했다고 원무과장에게 말했다. 원무과장은 정색하며 자세를 다잡고, 당장 사무실부터 옮기겠습니다, 라고 말해야 하는데. 웬걸, 손사래 치며 날리지도 않는 먼지를 몰아내는 시늉을 했다. 그는 원무과장의 프로파일을 원탁에 내려놓았다. 원탁이 다시 한 번 휘청거렸다.

"자, 지금부터 원무과장에 대한 신문을 시작하겠습니다."

원무과장이 사무실 안으로 성큼성큼 걸어 들어왔다. 그리고 원탁 옆에 놓인 카트를 끌고 문밖으로 나갔다. 원무과장의 머리가 삐죽 문틈으로 다시 들어왔다.

"저는 원장님이 돌아올 때까지 신문을 유보하겠습니다."

뭐라고 말릴 틈도 없이 삽시간에 일어난 일이었다. 카트의 바퀴 소리가 텅 빈 복도에 메아리쳤다. 그는 한참 참았던 재채기를 연거푸 토해냈다.

— 섬 이야기

선착장도 없는 무인도에 접안했던 배가 안개 속으로 사라졌다. 검푸른 바다에 하얀 포말이 긴 상처처럼 남았다. 먼 육지의 시간을 잠식하듯 파도가 천천히 포말을 삼켰다. 흔적도 없이 소멸하는 것. 동화되어 나도 남도 아닌 상태가 되는 것. 사라져 가는 포말을 보며 사내들은 그런 것들을 생각했다. 시야에 안개와 파도만 남았다. 갯바위에 서 있던 사내들이 어깨에 짐을 짊어졌다. 갯바위 너머 비닐 막사의 지붕이 바람에 펄럭거렸다.

H가 기억해낸 이야기가 소설의 한 대목인지, 영화의 한 장면인지 알 수 없었다. 그런 상태를 기억해냈다고 말할 수 있는지조차 의심스러웠다. 어디선가 본 것 같은 장면인데. P와 K 또한 그 장면이 가물거렸다. 섬

에 갇히면 질리도록 낚시나 하겠다는 H의 말에 맥주잔을 높이 들었다. H가 요양병원 관리인으로 선임된 것을 축하하는 술자리였다.

대기업 연구소에 다녔던 H와 CPA에 합격했지만 취직 못 한 P, 그리고 고시 준비 이외에 별다른 이력이 없는 K. 그들은 법정관리인 양성 교육원 동기였다. 그들은 대기업 간부나, 유능한 뱅크맨 출신이 대부분인 관리인 그룹에서 애송이 취급을 당했다. 그들은 교육 이수 후 이 년 가까이 관리인으로 선임되지 못했다.

H의 이야기가 어느새 먼 무인도의 갯바위 위를 헤매고 있었다. H의 비약이 새로운 일을 도모할 때처럼 그들을 들뜨게 했다. 생각해 보면 막막한 바다에서 무언가를 낚아내는 일은 경이로운 일일 수 있었다. 대물을 낚는 거야! H가 다시 맥주잔을 높이 들었다. 그까짓 것 못할 것도 없지. P와 K 또한 호기롭게 잔을 부딪쳤다.

다음 날 그들은 H의 집에서 눈을 떴다. 지난밤의 다짐이 후회스러웠다. 그들은 취한 김에 말을 터 버린 어색한 사이처럼 서로 시선을 피하며 꾸역꾸역 서해의 무인도로 향했다. 결말이 빤한 소설을 읽어내듯 그들은 섬에 도착하기도 전에 이미 지루했다.

H가 포인트를 잡아 주고, 릴과 찌를 갖춰 주었다. 낚싯바늘이 커다란 포물선을 그리며 바다에 떨어졌다. 릴을 감아 낚싯줄이 팽팽해지자 석연찮은 기분이 조금씩 누그러졌다. 대신 무언가 낚을 거라는 기대가 그 자리를 채웠다. H에게 그것은 대물일 수도, P와 K에게 그것은 취업을 위한 심기일전일 수 있었다. 그들은 열심히 낚싯대를 드리웠다. 무언가 낚아야 한다는 생각이 점점 굳어졌다. 하지만 시간이 갈수록 바늘에 걸렸으면 하는 것이 무엇인지 점점 묘연해졌다.

*

후드득. 젖은 장막을 털어내듯 빗방울이 간헐적으로 떨어졌다. 그들은 주섬주섬 낚싯대를 거두었다. 습기를 잔뜩 머금은 어스름이 무겁게 섬에 내려앉았다.

H가 가스랜턴에 불을 붙였다. 타닥타닥. 빗방울이 비닐 막사를 두드렸다. K가 바닥에 매트리스를 깔고, P가 술상을 차렸다. 분주하게 움직이지 않으면, 무인도의 적요를 못 견딜 것 같았다. 간혹 술잔을 부딪쳤지만 물 먹은 종이컵처럼 분위기는 흐물흐물했다. 말없이

술병이 허물어졌다.

우리가 무인도의 막사에서 며칠씩 합숙할 관계인가? 무언가 석연치 않다는 듯 회계사 P가 물었다. 허긴 술기운을 핑계 삼기에 서해의 무인도는 그들의 생활 기반에서 너무 먼 곳이었다. 그들은 날이 밝으면 선주에게 배를 대라고 연락할 생각이었다.

막사 이곳저곳을 뒤지던 H가 트럼프를 발견했다. 그들은 말없이 카드를 돌렸다. 별다른 대화가 필요 없다는 것이 카드게임의 미덕이었다. 무인도의 밤은 깊고 길었다. 주머니에 있는 모든 화폐가 판돈으로 나왔다. 그러나 무한정 베팅할 수 있는 건 빗소리와 파도 소리뿐이었다.

올인을 선언한 H가 히든카드를 뒤집었다. 케이 풀하우스였다. P가 패를 뒤집었다. 에이스 포커였다. P에게 눌린 H가 매트리스에 벌러덩 누웠다. 요란하게 무전기가 울려도 P는 판돈을 챙기느라 무선을 받지 않았고, H는 심드렁하게 돌아누웠다. K가 무선을 받았다. 파랑주의보가 내렸다는 선주의 무선이었다. 그들은 말없이 막사 너머 어두운 바다를 응시했다.

H가 벌떡 일어섰다. 그리고 배낭에서 고글을 꺼내 포커테이블에 올려놓았다. 프랑스제 명품 고글이었다. P가 고글을 이리저리 살폈다. P는 한 번도 취업하지 못했지만, 회계사였다. 고글을 현금화시키기 위한 필요비용과 고글을 선택하면서 잃은 기회비용 등을 감했다. 고글의 값은 형편없었다. K의 시계와 H의 반지가 같은 방법으로 환전되었다. 환전이 반복되었고 그들 사이에 무형의 질서가 생겼다. 그것은 환전의 척도이며, 게임의 룰이며, 그 순간 그들이 포커테이블에 앉아 있는 이유였다.

이쯤에서 그만하지. 누군가 말했다면 그들은 매트리스에 쓰러져 잠들었을지 모른다. 섬을 빠져나가면 다시 주인에게 돌아갈 물건들을 그대로 포커테이블에 올려둔 채로. 그들이 만든 질서와 묵계가 비루한 자격지심이 부른 승부욕 때문이라고 말할 수 있을까. 어쨌건 그들은 이미 도태되어 본 자들이었다. 그 순간 절대가치가 있다면 오로지 게임테이블에서 밀려나지 않는 것뿐이었다.

하룻밤을 꼬박 새우고 다시 날이 저물고 있었다. 그들은 알고 있었다. 환전할 물건을 모두 잃은 H가 자신의 항문을 환전하겠다면, 아무렇지도 않게 H의 바지를 벗길 수도 있다는 사실을. 그들 사이에서 무언가 무너지는 것도 같았고, 무언가 굳건하게 쌓여 가는 것도 같았다.

— 채무자 신문조서

닥터 A가 유성물감이 덧칠해진 캔버스에 메스를 그었다. 캔버스가 얇은 신음 소리를 내며 숨어 있던 색깔들을 드러냈다. 색깔의 경계가 모호했고, 빨간색 파란색 등의 고유한 이름으로 부르기 어려웠다. 그는 숨죽이며 A의 손놀림을 지켜보았다. 메스가 조금만 깊이 들어가면 북, 캔버스가 찢어질 것이다.

"적당히 마른 물감은 핏방울이 맺히면서 속살이 드러나기 직전의 피부 같습니다. 가까스로 막아서는 질감이랄까."

A가 들었던 메스를 내려놓고, 새로운 메스를 집었다. 외과수술을 앞둔 집도의의 신중한 눈빛. A가 메스의 벼린 날을 형광등 불빛에 비추었다. 그 모습이 어쩐지 젊은 시절을 회상하는 무명배우의 독백 같았다. 그

는 A가 어쩌면 중년을 훌쩍 넘긴 나이일지 모른다고 생각했다.

"채무자 신문에 협조해 주시오."

그가 신문사항을 내밀었다. A가 메스를 내려놓고 신문사항을 받아들었다. A4 다섯 페이지. 마음만 먹으면 삼십 분 안에 작성할 수 있는 분량이었다.

"협조라니, 어떻게 협조하란 말인가요?"

A가 팰릿 위에 신문사항을 내려놓았다.

협조라는 단어가 패전한 장교에게 내미는 항복 선언문을 연상시켰나. 당장이라도 메스로 자신의 목덜미를 그어 버릴 기세였다. 파산 지경을 수용할 수 없는 엘리트의 자격지심이리라. 가만있자. 대체할 단어를 생각했다. 위로와 회유 그러나 적당한 압박의 뉘앙스를 담은 단어가 제격이었다. 그런데 그런 단어가 있기나 한 건가. 에둘러 병원과 연대보증인인 A가 공생할 수 있는 유일한 방법은 법원의 절차에 응하는 거라고 말할밖에.

A가 벌떡 일어서더니 창으로 걸어갔다. 창밖에 그들을 엿보는 사내의 얼굴이 보였다. A가 커튼을 닫았다. 그가 누구냐고 물었다.

"원장님 아들입니다."

그가 의구심을 잔뜩 담은 표정으로 A를 바라보았다. 그가 인수받은 파일에는 원장 아들에 관한 아무런 기록이 없었다. A가 그의 시선을 피해 응접테이블로 걸어갔다. 그는 커튼에서 시선을 떼지 않았다. 생각해보면 원장의 어떤 개인 정보도 그에게 전달되지 않았다. 그는 원장의 의사면허증을 통해 그녀가 육십 대의 내과 전문의로 이십여 년 전에 병원을 설립했다는 정도를 알 수 있었다.

"내가 해 줄 수 있는 충고는 누구의 말도 믿지 말라는 것입니다."

A가 찻잔을 내밀었다. 찻잔에서 에탄올과 유성물감이 뒤섞인 냄새가 났다. 위로와 회유 그리고 압박이 담긴 묘하게 비위를 거스르는 냄새였다.

"원장 아들을 말하는 겁니까?"

그는 여전히 창에서 시선을 떼지 않았다. 펄럭이는 커튼 틈으로 사내의 얼굴이 한 조각씩 보였다. A가 창으로 걸어가서 커튼을 추슬렀다.

"나를 포함한 모두 말입니다."

"그렇다면, 누구의 말도 믿지 말라는 당신의 말조

차 믿지 않아야겠군요?"

A의 입가에 희미한 조소가 번졌다.

"어떤 말을 듣건, 당신이 이해할 수 있는 범위에서 해석할 테니까요."

그는 A의 말에 전혀 동의할 수 없었지만 고개를 끄덕였다. 그러나 그의 의혹의 똬리는 더욱 단단하게 자리를 잡아 갔다.

그가 막 문을 나섰는데 A가 그를 불러 세웠다.

"신문조서 작성은 원장님이 오신 뒤로 미루겠습니다."

복도 끝에서 불어온 바람이 A의 방문을 거세게 닫았다.

그는 관사 밖에 서 있는 사내를 사무실로 데려갔다. 그는 사내가 병원에 관하여 무언가 할 말이 있으며, 그것은 돌아오지 않는 원장과 관련된 일련의 정보일 거라 추측했다.

"원장은 어디 간 겁니까?"

사내는 관사 쪽으로 난 창에 힐끗힐끗 시선을 던졌다. 원장은 출장 간 것이 아니라 병원 어딘가에 있다고, 사내는 선선히 실토하지 않았다. 벌떡 일어선 원장 아들이 사무실을 가로질러 침대에 걸터앉았다. 사내의 동공이 서서히 풀리더니 흰자위만 남았다. 그리고 발작을 시작했다. 저주의 주문을 쏟아내던 사내가 침대에 픽 쓰러졌다. 아무리 흔들어도 사내는 일어나지 않았다. 얼마 후 나지막이 코 고는 소리가 들렸다.

그는 궁색한 침상마저 사내에게 빼앗긴 채 책상에 엎드렸다. 창밖에 새벽 어스름이 내리기 시작했다.

*

회의실 안에서 원무과장의 목소리가 들렸다. 하지만 착 가라앉은 목소리는 얄팍한 출입문도 넘어오지 못하고 뭉개졌다. 천천히 문고리를 돌렸다. 순간 뭉개졌던 소리조차 멈춰 버렸다. 십여 명의 임직원이 둥글게 앉아 있었다. 그는 의자 하나를 들고 그들 사이에 끼어들었다. 직원들이 일어나더니 우르르 회의실 밖으로 나가 버렸다. 그리고 원무과장만 남았다.

"법원에 회생 의견을 제출하기로 했습니다."

신문조서를 꾸미지 않고 회생 의견을 제출할 수 있

느냐고 원무과장이 물었다. 신문조서는 요식행위이며, 간단하게 꾸며진 신문조서에 직원들의 서명을 받을 거라고 말했다.

"우리가 회생을 원한다고 생각합니까?"

그렇다면 파산을 원하는 것인가. 병원의 파산은 각자에게 실직과 같은 의미였다. 만약 파산을 원한다면 당장이라도 병원을 그만두면 되는 것이다. 그런데.

"조서를 관리인이 임의로 꾸민다면, 우리는 법원에 이의 제기 할 겁니다."

"당신들이 원하는 것이 뭔가요. 파산인가요?"

"우리는 파산을 원하지 않습니다."

"회생이 아니면 파산밖에 없다는 걸 잘 알지 않소."

"우리는 아무것도 원하지 않습니다."

원무과장이 벌떡 자리에서 일어섰다. 더 이상 밀릴 데가 없이 후퇴한 패잔병의 마지막 자존심 같은 것인가. 그는 급여가 밀리는데도 병원을 나가지 않는 직원들을 이해할 수 없었다. 그도 따라 일어섰다. 그는 원무과장을 이해시켜야 했다. 판단은 관리인의 몫이지 그들에게 주어진 권리가 아니라고. 그는 출입문 쪽으로 걸어가는 원무과장의 어깨를 부여잡았다.

"원장을 만나게 해 주시오. 원장과 얘기하겠소."

원무과장이 어깨에 얹힌 그의 손을 뿌리쳤다.

"원장님은 출장 중입니다. 원장님이 올 때까지 기다리세요."

회의실 문이 닫혔다. 먼저 나간 직원들이 무표정한 얼굴로 창밖에 서 있었다.

*

회계장부의 부외채무를 좇던 그는 A가 병원에 대한 연대보증 외에 상당한 규모의 빚을 지고 있다는 사실을 발견했다. A의 빚을 원무과장이 보증하고 있었다. 원무과장도 연대보증 채무 외에 새로운 빚을 지고 있었는데, 수간호사가 보증인이었다. 수간호사 또한 원무과장과 비슷한 규모의 빚이 있었고, 또 다른 직원이 보증인이었다. 머릿속에 그려지는 그림이 있었다. 고리가 서로 연결된 낡은 쇠사슬이었다. 쇠사슬은 원장으로 시작해서 병원을 한 바퀴 돌아 다시 원장으로 연결될 것이다.

"법원에 파산 의견을 낼 것이오."

"그렇게 못 할 겁니다."

닥터 A가 답했다.

"파산 결정을 못 할 거라 생각하시오?"

"병원이 파산하면 관리인은 십 년 동안 보장된 직장을 잃을 테니까요."

"병원의 파산은 당신의 파산으로 이어질 것이고, 병원을 옮겨도 당신의 페이는 어김없이 압류될 것이오. 아마 평생 갚아도 헤어나지 못할 정도의 빚이겠죠."

"법원이 신문조서 한 장 없는 보고서를 근거로 파산 선고를 할까요?"

그는 직원들의 대출 받은 돈이 고스란히 자신들의 급여로 다시 나갔다고 판단했다. 직원들의 대출액 총액과 회계장부의 급여 항목이 비슷한 수치였기 때문이다. 그렇다면 병원의 파산은 모든 직원의 파산으로 이어질 것이다.

"어떤 상상을 하건 그건 관리인 당신의 몫입니다."

"내 짐작이 맞는지, 과대망상인지 당장은 알 수 없소. 단지 관리인은 모든 압류를 금지시킬 수 있다는 사실을 말하려고 왔을 뿐이오."

"압류를 막을 방법이 있단 말인가요?"

"우선 신문조서 작성에 응하고, 법원의 절차에 협조하시오."

관사를 나올 때부터 원장 아들이 그의 뒤를 쫓았다. 원장 아들은 저녁 뉴스의 클로징 멘트를 반복적으로 읊어댔다. 태풍 영향권에 든 일본 남서부의 피해 상황을 알리는 뉴스였다. 집채만 한 파도가 방파제를 넘었다. 태풍의 진로가 병원이 있는 영동 지방으로 향했다.

A는 관사 밖까지 배웅 나왔다. 그리고 그의 손을 꽉 잡았다.

"원장님이 돌아오시면 상의하겠습니다. 그리고 법원의 업무에 협조하겠습니다."

시종일관 냉정하고 건조했던 말투가 아닌 감정이 축축하게 젖은 진심 어린 말이었다. 그는 A에게 원하던 답변을 얻었다고 확신했다. 그런데 원장 아들이 반복해서 중얼거리는 클로징 멘트를 듣자니 차츰 물기가 빠지고 건조한 문장만 남았는데, 그 문장의 의미는 이랬다.

원장이 올 때까지 모든 협조를 유보하겠다.

가슴속에서 무언가 치솟아 그는 걸음을 멈추었다. 원장 아들이 그에게 다가왔다. 그리고 그의 어깨에 양손을 얹었다. 꼭 그의 속에서 치솟는 것을 어루만지듯 신중한 표정이었다. 그는 원장 아들의 손을 뿌리쳤다. 그리고 물었다. 원장은 어디 숨어 있는 것이냐고. 원장 아들이 대답 없이 병원 건물을 바라보았다. 기다렸다는 듯이 병실의 전등들이 순서대로 꺼졌다.

— 다시 섬 이야기

그런데 섬 이야기가 어떻게 끝나지? 졸음을 참지 못하고 고개를 꾸벅거리던 K가 불현듯 물었다. P가 카드를 돌리며 말했다. 해피 엔딩이겠지 뭐. 말없이 카드가 돌아갔다. K가 막사 구석에 밀어 놓았던 술병을 들었다. 해피 엔딩을 위하여! 병째 몇 모금 술을 들이마신 K는 매트리스에 쓰러져 잠들었다.

K가 눈을 떴을 때 H와 P가 보이지 않았다. 가스가 닳아 깜빡거리는 랜턴이 어질어진 포커테이블을 비췄다. 몇 장의 카드가 바닥에 떨어져 있었고, 막사 지붕을 두드리던 빗소리는 어느새 잦아 있었다.

플래시를 비추며 걷던 K가 걸음을 멈추었다. 갯바위 위에 H와 P가 뒤엉켜 있었다. 껴안고 절규하는 것도 같았고, 멱살잡이를 하는 것도 같았다. K는 플래시를 껐다. 그리고 돌아와 매트리스에 누웠다. 막 잠들기 전에 온몸이 젖은 H가 들어왔다. H가 소주를 병째 마시더니 테이블에 머리를 박았다.

K는 가위에 눌린 듯 자리에서 일어나지 못했다. 다만 P가 가지고 있던 무전기가 없으니 이제 선주가 올 때까지 외부와 교신이 끊어졌다는 생각이 잠시 스쳤을 뿐이다. 그리고 잠들었다. 늪처럼 깊은 잠이었다.

다음 날 파랑주의보가 해제되었다. 바다는 아무것도 보지 않았다는 듯 고요했다. 선주의 배가 안개를 뚫고 도착했다. 선주가 어항 뚜껑을 열면서 얼마나 낚았냐고 물었다. 어항 속에는 눈알이 희뿌옇게 부패한 물고기들이 가득했다. 선주가 코를 감싸며 뒷걸음질했다. 머지않아 해경순찰선이 도착했다.

해경이 K를 갯바위 쪽으로 데려갔다. K의 시선과 막사 앞에서 조사를 받고 있는 H의 시선이 마주쳤다. 하늘이 거짓말처럼 맑게 개어 있었다.

밤사이 P가 사라진 걸 몰랐단 말인가요? 해경이 물었다. K와 H의 시선이 다시 마주쳤다. 그들 사이의 묵계가 어디까지 미치는 것인지 K는 알 수 없었다. 그러나 해경이 섬의 질서를 이해할 수 없다는 것만은 확실했다. K는 P와 H가 엉켜 있었던 모습을 기억 저편으로 밀어 놓았다. 모두 취한 채 잠들었고, 누가 드나드는지 모를 정도로 폭우가 쏟아졌습니다. 해경이 K에게 담배를 건넸다. P와 친구 사이입니까. '우리가 무인도에서 며칠씩 밤을 샌 사이인가'라고 묻던 H의 말이 떠올랐다. K는 대답 없이 고개를 숙였다.

상심이 크시겠군요. 해경이 담배꽁초를 바다에 던지며 일어섰다. 포물선을 그리며 날아간 담배꽁초가 치익, 소리를 내며 꺼졌다. 조사는 그렇게 끝났다. 얼마 후 갯바위에 걸린 P의 시신이 발견됐다. P의 주머니에서 H의 고글과 무전기가 나왔다. K는 고글이 섬의 가치로 얼마였는지 기억하려 했지만, 기억나지 않았다. 수사를 마친 해경은 P의 죽음이 단순 실족사로 처리될 거라 했다.

K와 H는 갑판에 나와 멀어지는 섬을 바라보았다.

수사를 맡은 해경이 다가왔다. 그래 무인도까지 와서 얼마나 큰 놈을 낚았나요? H는 대답하려 입술을 움직였지만 웅얼거리는 소리만 날 뿐 의미를 전달할 수 없었다. 해경이 어깨를 으쓱하더니 조타실로 들어갔다.

K가 H에게 한 걸음 다가갔다. 이제 기억났어? H가 의아한 표정으로 K를 바라보았다. P의 기억이 맞았어. 섬 이야기는 해피 엔딩이었어. 그렇지? H가 허리를 꺾더니 누런 위액을 게워내기 시작했다. K는 저 깊은 밑바닥에서 무언가를 낚아낸 것 같았다. 하지만 그것은 섬에서 멀어질수록 형체를 알아볼 수 없이 빠르게 부패했다.

— K

K는 직원들을 사무실로 불렀다. K는 회생 절차가 진행되면 고용 문제와 보증 문제가 한꺼번에 해결될 거라며 직원들을 설득했다. K는 면담이 계속될수록 자신의 말이 영원불변의 잠언처럼 굳건해지는 것을 느꼈다. 그러나 그의 생각일 뿐, 직원들의 대답은 한결같았다. 원장이 돌아올 때까지 신문조서 작성은 유보, 였다.

간호사가 사무실 문을 열고 성큼성큼 들어왔다. 그녀는 권하기도 전에 의자에 앉았다. 바쁘니까 할 말 있으면 빨리 해 봐, 그런 태도였다. 어쨌건 그녀가 마지막 남은 신문 대상자였다. K가 신문조서를 내밀었다. 간호사의 오른손 검지와 중지가 그녀의 단도직입적인 태도처럼 짧고 간결하게 잘려 있었다. 검지와 중지가 없이 주사를 놓는 장면이 머릿속에 쉽게 그려지지 않았다. K는 못 본 척 모니터에 시선을 던졌다. 모니터 속 깜빡거리는 커서가 어서 신문조서를 작성하라고 재촉했다. 보고서 제출 기한이 불과 몇 시간 남지 않았다고, 이대로라면 신문조서를 한 장도 첨부할 수 없을 거라고. 간호사가 신문조서를 순식간에 살펴보더니 책상에 내려놓았다. K는 노트북을 덮고 벌떡 일어섰다. 그리고 간호사의 손을 덥석 잡았다.

"병원의 회생만이 모두에게 최선의 방법입니다."

간호사가 뜬금없다는 표정을 지었다. K는 양손에 더욱 힘을 주었다. 간호사의 손가락이 K의 손바닥에서 꼼지락거렸다. 그런데 손톱이 없는 손마디의 감촉이 어쩐지 이물스러웠다. K는 잔뜩 쥐었던 힘을 슬그머니 풀었다. 간호사가 그의 손을 뿌리치더니 벌떡 일어섰다.

눈앞이 번쩍하면서 왼쪽 뺨이 화끈거렸다. 무언가 왈칵 쏟아졌다. 이토록 호되게 뺨을 맞아야 하는 이유를 이해하지 못했기 때문이다. 그런데 한편으로는 두세 겹 거추장스러운 외투를 훌훌 벗어 버린 것처럼 시원했다. 오른쪽 뺨도 내밀어야 하나. K는 흠씬 두들겨 맞고 싶다는 표정으로 간호사를 바라보았다. 간호사가 고개를 갸우뚱 기울이며 K의 표정을 유심히 살폈다.

간호사의 뭉뚝한 손이 K의 뺨을 감쌌다. 그리고 말없이 출입문 쪽으로 걸어간 간호사가 전등 스위치를 내렸다.

더듬더듬 셔츠를 벗기고 벨트 버클을 풀도록 K는 간호사의 손길에 몸을 맡겼다. 그러자 조급한 마음도 불안의 징조도 사그라졌다. 간호사가 K를 침대에 눕혔다. K는 침대에 누워 어둠을 응시했다. 안팎을 구별할 수 없고, 그 깊이와 너비를 짐작할 수 없었다. 어둠은 눈으로 볼 수 없으며, 시공간이 없는 세계였다. 경계가 없기 때문에 오해가 없는 감각 너머의 세계였다. 점도가 높은 유체에 스며들듯 K는 천천히 어둠에 스며들었다. K의 몸이 유영하듯 천천히 어둠 속을 떠다녔다. K는 그녀에게 섬 이야기를 해 주고 싶었다. 어떤 이야기를 해도 그녀가 모두 이해해 줄 것 같았다. 어쩌면 K는 싸구려 감성에 젖은 여행객처럼 이미 중얼거리고 있었는지도 모른다. 산골 정신병원에 요양 중인 H를 위해서도, 관리인 K를 위해서도 병원은 회생해야 하며, K가 십 년 동안 관리인으로 근무해야 한다고. 그래야 섬 이야기가 비로소 해피 엔딩이라고.

그때, 덜컹하며 내려앉는 세계. 번개가 하늘을 두 동강으로 갈라놓았다. 번갯빛으로 밝아진 사무실 내부의 모습이 유리창에 반사되었다. 난삽하게 어질러진 서류 더미와 하반신을 벗은 간호사와 그 아래 누워 있는 발가벗은 K의 실루엣이 보였다. 그리고 창밖에 또 하나의 실루엣. 은빛 번개의 여운이 가시면서 창 안을 들여다보고 있던 검은 실루엣이 어둠 속으로 사라졌다. 하지만 K의 뇌리에는 일그러진 사내의 얼굴이 낙인처럼 지워지지 않았다. 하반신을 벗은 채 수음하고 있는 원장 아들의 실루엣이었다. K는 간호사를 밀치고 벌떡 일어섰다.

관사 옥상에 원장 아들의 실루엣이 보였다. 양팔을

벌리고 괴성을 지르는 사내의 아우성은 폭우 소리에 완전히 묻혀 버렸다. K가 내려오라고 소리쳤지만 그 소리도 빗소리에 사그라졌다. K는 차양 밑에 서 있는 간호사에게 구조 요청을 하듯 손을 흔들었다. 그러나 간호사의 표정이 보이지 않았다. K는 옥상으로 향하는 계단을 두세 칸씩 뛰어올랐다. 옥상 난간에 올라선 원장 아들이 하늘을 향해 무어라 소리쳤다. K는 양팔을 벌리고 다독거리듯 천천히 걸어갔다.

"어서, 얘기해 봐요. 원장은……?"

하지만 그 소리 역시 빗소리에 묻혀 버렸다. K가 원장 아들을 잡으려고 손을 내밀었다.

순간 하늘이 갈라지고 사방이 서슬처럼 환해졌다. 떨어지는 빗방울의 한 방울 한 방울이 선명하게 보였다. 이미 난간을 비껴난 원장 아들이 K에게 뭐라고 말하고 있었다. K 또한 입을 벌린 채 손을 내밀고 있었다.

원장은 도대체 어떻게 된 거냐고.

천둥소리가 천지를 뒤집었다. 그리고 다시 어두워졌다. K는 난간 밑으로 뛰어갔다. 원장 아들의 목이 조경석에 부딪쳐 직각으로 꺾여 있었다. 원장 아들의 눈에 고인 핏방울이 금세 빗물에 씻겨서 지워졌다. K의

사무실 전등이 깜빡, 켜졌다가 꺼졌다. 그것이 신호인 양 몇 개 켜 있지 않던 병원 전등이 한꺼번에 꺼졌다. 사방이 암흑에 휩싸였다. K는 고함을 지르며 병원 마당을 가로질렀다. 아무도 달려 나오는 사람이 없었다.

*

상향등과 안개등을 켜도 불과 몇 미터 앞을 분간할 수 없었다. 갓길 너머까지 밀고 내려온 토사를 피하려다가 K의 승용차는 벌써 여러 번 중앙선을 넘었다. 가파른 커브를 돌자 거대한 물체가 나타났다. K가 급브레이크를 밟았다. 승용차가 요란한 파열음을 내면서 가까스로 멈췄다. 허리가 꺾인 활엽수가 도로를 막고 있었다.

도어레버를 당기자 차문이 덜커덩 열렸다. K가 펼친 우산이 허공으로 치솟더니 어둠 속으로 사라졌다. K의 몸은 삽시간에 빗물에 젖어 버렸다. 무성한 나뭇가지를 헤치며 나아갔지만 가지 몇 개를 부러뜨렸을 뿐 거대한 활엽수 줄기까지 닿지도 못했다. 물먹은 바짓단이 허벅지를 옥죄었다. K는 병원에서 멀어지고 싶었다. 그러나 나무가 얼마나 무성한지 알 수 없었고 폭우 속을 얼마나 오래 걸어야 할지 짐작할 수 없었다. 설사 폭풍우를 헤치고 도착하더라도, 법원이 그에게 선뜻 손을 내밀지도 의문이었다. 법원은 그의 직무에 대해 심리할 것이고, 신문조서 한 장도 받지 못한 그는 무능한 관리인으로 낙인찍힐 것이다. 그가 경찰과 함께 병원에 도착하더라도 원장 아들의 사체는 말끔하게 치워져 있을 것이다. 어디에서도 원장 아들이 병원에 살았다는 증거를 찾을 수 없을 것이다. 원장 아들이 약물중독으로 자살했다는 그의 진술을 뒷받침할 증거는 어디에도 없다. 그가 가지고 있는 증거라고는 누구도 서명하지 않은 신문조서 뭉치뿐이었다. 경찰은 왜 원장 아들이 옥상에 올라갔냐고, 원장 아들이 떨어진 장면을 왜 K만 보았냐고, 물을 것이다. K에게는 경찰을 납득시킬 근거도 물증도 없다. K는 고개를 떨어뜨릴 것이다. 경찰은 무능한 관리인이 법원의 추궁을 면하기 위해 벌인 자작극이라고 판단할 것이다. 경찰은 그를 무고죄로 수사할지도 모른다. 지친 K는 그 자리에 주저앉았다.

그렇다고 도망치듯 뛰쳐나온 병원으로 돌아갈 수

도 없었다. 마음 한구석에서는 나아가자고 했고, 다른 한구석에서는 돌아가자고 했다. 그는 무성한 활엽수 너머 어둠을 응시했다. 얼마나 험한 폭풍우를 헤치고 걸어가야 할는지 모르는 길이었다. 그리고 마침내 도달한 그 세계는 아무리 두드려도 꿈쩍하지 않는 철문처럼 또 얼마나 단단한 편견과 오해의 빗장을 걸고 있는가.

신문조서를 작성하라고 종용하는 커서처럼 등 뒤에서 비상등이 깜빡거렸다. 온몸이 젖은 K의 몸에서 희미하게 김이 피어올랐다. 서서히 몸이 식자 갈 길이 선명해졌다. 그는 신문조서의 미처 완성하지 못한 마지막 단락을 갈무리해 나갔다.

[원장과 직원들이 병원을 회생시키려는 의지가 강합니다. 관리인에 대한 업무 협조도 원활합니다. 다만 사소한 문제가 있으니 신문조서 제출 기한을 며칠 연기해 주시기 바랍니다.]

잠시 잦아들었던 빗줄기가 다시 거세졌다. K는 천천히 차를 움직였다. 에어컨디셔너 레버를 한 단계 높였다. 성에가 가시고 시야가 천천히 밝아졌다.

누군가 태풍이 몰아치는데 어디 갔다 왔냐고 묻는

다면.

K는 출장 중인 원장을 만나고 돌아오는 길이라고 말할 것이다. 직원들은 아무 일도 없었다는 듯이 태풍이 지나가고 난 자리를 정리할 것이며, 모두 신문조서에 서명할 것이다. 핸들을 붙잡은 K의 손이 부르르 떨렸다.

잡식동물의 딜레마

1

맑은 날이면 투견우리 앞에서 낮잠을 잔다.

눈썹을 간질이는 햇볕이 좋다. 유리판에 누운 것 같은 오수. 언제 깨질지 모를 얇은 낮잠이라 투명하다. 한없이 가라앉는다. 한족 장뤼엔과 필리피노 마이클의 목소리가 들린다. 신경은 어느새 그들의 대화를 쫓는다. 몇 개 안 되는 단어로 그 넓은 의미의 간극을 메워 가는 그들의 의사소통은 가히 인터내셔널하다. 어쨌건 그들은 북경어, 영어, 한국어까지 3개 국어를 쓴다.

한 마리가 짖자 떼를 지어 짖어대는 놈들. 관자놀이 곁에 머물던 졸음이 산산이 부서진다. 미적거리며 일어나 기지개를 켠다. 어느새 늦가을 햇살이 주춤해졌다. 이제 개밥을 주러 가야겠다.

개밥을 주는 일은 나의 잡이다. 장뤼엔은 '잡'을 '자비'로 듣곤 한다. 개밥을 주는 일은 나의 자비다. 괜찮은 문장이다. 그러나 무기력한 자비는 자칫 비웃음거리가 되기 십상이다. 그러니 큰 소리로 또박또박 말하자.

잇츠 마이 잡.

투견장 문을 열고 들어간다. 장뤼엔이 한쪽 구석에 잔뜩 움츠린 그레이하운드를 가리킨다. 놈에게 다가가며 '자-압' 하고 소리친다. 어금니가 꽉 다물어지고 목이 두꺼워진다. 놈의 목을 감싸고 잽싸게 개밥을 주사한다. 놈의 미끈한 허벅지가 부르르 떨린다. 시간이 조금 지나자 떨리던 놈의 주둥이가 앙다물어진다. 무언가 저지를 태세다. 흥분한 놈의 아가리에 간신히 재갈을 채운다. 놈의 목덜미가 두꺼워지고 꽉 다문 이빨 사이로 질퍽한 침이 흘러내린다. 놈의 윤기 있는 목덜미를 쓰다듬어 본다. 그러나 놈의 투지가 무얼 향하고 있는지 도무지 모르겠다.

2

냄새를 맡는다.

흙먼지 냄새, 똥오줌 냄새, 썩은 배추 잎 냄새, 피 범벅된 상처가 곪아 가는 노린내…… 그리고 인간의 냄새. 인간의 냄새에서 한 번도 가 보지 못한 먼 이국을 느낀다. 시베리아의 눈보라와 풍성한 동남아의 야자수, 미동부 항구에 정박한 상선의 오일 냄새와 중국 내륙의 무겁게 가라앉은 안개에 섞인 갈탄 타는 냄새까지.

인간의 냄새를 맡으면 식욕이 떨어진다. 식욕이 떨

어지면 후각은 더 민감해진다. 지독한 악순환으로 몸무게가 12kg 빠졌다. 마이클은 과민한 신경 탓이라고 말한다.

마이클. 그런 건 아니야. 그러니까 인간의 냄새는 도저히 참기 어려운…… 일테면…….

마이클이 픽업에서 내린 비닐봉지를 내민다. 비닐봉지를 받아들고 말한다.

그러니까 마이클, 동물성 유지가 부패하는 냄새 같은 거…….

마이클은 들은 체도 않고 관제실 쪽으로 걸어간다. 그리고 우리를 보수하는 장뤼엔에게 큰 소리로 작업을 지시한다.

비닐봉지에 고개를 파묻는다. 설익은 토마토의 풋내와 희미한 농약 냄새 그리고 마이클의 냄새가 난다.

마이클의 냄새를 어떻게 표현할 수 있을까. 야자수 열매의 풍성한 과즙 냄새? 시큰한 땀내? 아니면 겔 타입 위장약의 희미한 민트 향?

사료 창고에 숨어 있던 날, 마이클이 찾아왔다. 경매통지를 받고도 한참이 지난 다음이었다. 누군가 찾아온다면 파국을 집행할 집행관밖에 달리 없었다. 시커먼 그림자가 창고 문을 열고 들어왔다. 그리고 등기부등본을 내밀었다. 분홍빛이 도드라지는 손을 한참 올려다보았다. 내심 검은 세단을 타고 온 갱스터들이 아닌 것에 안도했다. 하지만 모든 일이 잘 짜인 각본처럼 척척 진행되고 있었다. 애견 훈련소를 열었지만 의뢰인의 방문이 뜸했고, 은행 이자와 사채 이자가 연체되었다. 필리피노 마이클이 찾아왔고, 마스터 김(Master Kim)이 보낸 이메일이 도착했다.

첨부된 파일 제목은 '핏불케이원(Pitbull K1)'이었다. 파일 제목 참. 하마터면 '보스턴식 조크인가요' 하고 마이클의 어깨를 칠 뻔했다(김의 이메일 주소는 bostonpitbull@hotmail.com이었다). 하지만 굳은 표정으로 서 있는 마이클이라니. 자세를 다잡고 파일을 열었다. 조잡하게 만들어진 필리핀 사이트가 열렸다. 실시간으로 베팅이 이뤄지는 투견 사이트였다.

마스터 김이 은행과 사채업자의 저당을 인수했고, 그날 이후 훈련소와 내 생활은 마스터 김에게 저당 잡혔다. 잘못된 선택인지 생각해 본다. 그러나 선택할 다른 카드가 없었다고 자위한다.

마스터 김은 한 번도 나타나지 않았으며, 전화조차

하지 않았다. 하지만 마이클은 시큰한 땀냄새를 풍기며 척척 일을 진행했다. 애견 훈련소가 온라인투견중계소로 바뀌는 과정을 무기력하게 바라보았다. 창업 동지이며 후배인 애견 핸들러들이 쫓겨났다. 그들과 내가 기거하던 막사는 투견을 중계하는 관제실이 되었다. 관제실에 어깨를 얹은 둥근 가건물을 지어 투견장으로 썼다. 마당에는 투견용 핏불테리어 우리가 세워졌다. 몇 마리 남아 있던 훈련견들은 관제실 뒤편 좁은 우리로 밀려났다.

마이클이 데려온 핏불테리어들은 몸을 뒤뚱거리며 어기적어기적 걸었다. 단백질제를 과다 복용한 보디빌더처럼 울퉁불퉁한 근육 덩어리를 마구잡이로 몸에 붙여 놓은 것 같았다. 놈들은 훈련견과 눈이 마주치면 송곳니를 드러내고 으르렁거렸다. 그 소리에 질린 훈련견들은 꼬리를 감추고 오줌을 질질 쌌다. 80kg에 육박하는 마스티프건 생후 4개월 된 푸들이건 마찬가지였다. 그런 놈들을 명견이라고 믿고 훈련시켰던 내가 한심할 따름이었다.

간혹 마스터 김을 불러오라고 생짜를 놓았지만, 전혀 먹힐 리가 없는 그야말로 생짜였다.

3

1976년 펜실베니아 대학교 폴 로진 교수는 「쥐, 인간, 그리고 또 다른 동물들의 음식 선택」이라는 논문을 발표했다. 1976년에는 스티브잡스가 애플사를 설립했다. 중국에서는 당산 대지진으로 30만 명이 죽었다(브리더 장뤼엔은 당산 대지진으로 일가족을 모두 잃었다고 한다). 그리고 내가 태어났다. 그렇다고 76년생인 내가 1976년에 발표된 논문을 읽을 운명이었다고 말하는 것은 아니다. 우연과 필연은 시간이 지나면서 여러 번 위치를 뒤바꿔어 생각되기 마련이니까. 운명이란 지나간 사건들을 엮어 만든 연역적 귀결일 뿐이다.

논문은 잡식동물의 섭생에 관한 연구이다. 폴 로진은 잡식성인 쥐에게 처음 본 먹이를 주고, 그것을 취하는 양태를 관찰했다.

논문을 찾으러 두 시간이나 걸리는 도시의 도서관까지 나갔다. 그럴 수 있었던 건, 식욕이 없었으며, 먹기 위해 시간을 소비하지 않아도 되었으며, 웬만한 허기는 물과 마른 당근으로 견뎌낼 수 있었으며, 무엇보다 마스터 김이 개밥 주는 일 외에는 아무 일도 시키지 않았기에 가능했다. 어쩌면 마스터 김이 일을 시키지 않아 초조했고, 유리판 위의 오수를 사보타주라고 볼까 불안했을 것이다. 때문에 무언가 꼼지락거리지 않으면 못 견딜 것 같았고, 오래전 기억 속에서 논문을 떠올린 것인지도 모른다. 그러니까 절대, 운명은 아니다.

논문을 복사해 오는 길에 지하철을 탔다. 수많은 사람들의 냄새를 한꺼번에 맡았다. 옷깃에 코를 묻고 천천히 숨을 쉬었다. 냄새를 의식할 때마다 참을 수 없는 구토가 일었다. 그리고 눈물이 났다. 이유를 알 수 없는 눈물이었다.

인간의 냄새를 맡고 눈물을 흘린다.

혹시라도 그 문장 어딘가에 의미심장한 메타포가 숨어 있을까. 하지만 그럴 리가. 단순한 생리현상일 뿐. 그렇게 생각하자 가슴이 갑갑했다. 혓바닥이 돌돌 말리고 기관지가 꽈리고추처럼 쪼그라들었다. 다음 역에 내려 위장이 뒤틀리도록 속엣것을 토해 냈다. 한없이 쏟아낼 것 같았다. 위액에 녹아내린 불그죽죽한 당근 국물이 플랫폼을 손바닥만큼 적셨다. 겨우 손바닥만큼 어지르고 말다니. 심하게 모욕을 당한 것 같았다. 그리고 이런 생각이 들었다.

차라리 쥐를 키우자. 쥐를. 그래 쥐를 키우는 거야.

애견 핸들러가 쥐를 키운다. 어떤 메타포가 숨어 있는가. 역시 그런 것들이 숨어 있을 리 없다.

실험용 쥐가 들어 있는 유리상자에 버섯을 넣는다. 투견우리 주변에 기생하는 진갈색 버섯이다. 머지않아 투견의 똥오줌에 절은 버섯이 맹독성인지 아닌지 밝혀질 것이다. 놈이 버섯에 코를 대고 킁킁거린다. 폴 로진 교수처럼 도출할 수 있는 여러 결론을 생각해 볼 수 있다. 그러나 쥐의 입장에서 생각하면 살아남을 수 있는 경우는 한 가지. 놈이 버섯을 먹었을 때 버섯에 독이 없는 경우뿐이다. 놈이 독성을 가릴 능력이 있다면 끝까지 버섯을 먹지 않을 것이다. 그러나 그 경우 놈은 굶어 죽을 것이다. 놈의 딜레마는 바로 그것이다. 처음 본 먹이를 먹을 것인가 말 것인가. 물론 한두 가지의 룰만 바꾼다면 놈은 분명히 살 수도, 반드시 죽을 수도 있다. 우리는 놈과 다른 차원에서 그런 일을 아무렇지도 않게 결정할 수 있다.

결과를 미리 알고 싶다면 폴 로진 교수의 「쥐, 인간, 그리고 또 다른 동물들의 음식 선택」이라는 논문을 찾아 읽기 바란다. 그렇다면 당신은 돌아오는 길에 지하철을 탈 것이고, 인간들의 냄새를 맡을 것이고, 정거장에 내려 속엣것을 게워낼 것이다. 당신이 먹었던 것들이 플랫폼을 더럽히면 당신은 위액에 녹아내린 정체불명의 음식물들을 보게 될 것이다. 이런 것들을 내가 먹었단 말이야. 당신이 모욕감을 느꼈다면 당신은 이렇게 생각할 것이다.

차라리 쥐를 키우자. 쥐를. 그래 쥐를 키우는 거야.

4

관제실 문을 열고 들어간다. 전면의 커다란 창으로 직경 6m의 투견장이 내려다보인다. 주사는? 마이클이 모니터에서 시선을 떼지 않은 채 물었다. 대답 없이 마이클 옆자리에 앉는다. 주사를 맞은 그레이하운드와 아메리칸 핏불테리어가 마주 보며 으르렁거리고 있다. 사육사들이 놈들을 가까스로 붙잡고 있다. 마스터 김의 메시지가 도착하자 마이클은 붉은 버저를 눌렀다. 재갈이 풀린 놈들이 상대를 향해 질주한다. 그리고 아귀처럼 물어뜯으며 뒤엉킨다. 나도 모르게 침이 꼴깍 넘어간다.

마스터 김은 폭력 없이 얻은 것은 진짜 얻은 것이 아니라고 믿었다. 그리고 피를 보면 주머니가 열린다는 갱스터들의 격언을 영원불변의 잠언으로 여겼다. 유저를 모으기 위해서는 투견장이 피범벅 되는 이벤트가 필요한 것이다.

경기는 시작과 동시에 끝난 것이나 다름없다. 아무리 스테로이드제가 많이 든 주사를 맞았더라도 그레이하운드는 핏불의 적수가 못 된다. 더구나 블랙이글이다. 블랙이글은 검은색 아메리칸 핏불테리어 종이다. 유저들에게 가장 인기가 많은 놈이다. 놈의 대전 일정이 공개되면 접속자 숫자가 늘어났다. 블랙이글이 이 경기에서 어떤 컨디션을 보이느냐가 다음 주 경기의 베팅율과 직결될 것이다.

블랙이글에게 목덜미를 물린 그레이하운드가 빠져나오려고 안간힘을 쓰고 있다. 유라시아대륙의 절반을 식민지로 삼았던 대영제국의 상징 그레이하운드치고는 굴욕적인 장면이다. 훈련장이 망하지 않았다면 놈은 노년의 사업가에게 분양되어 너른 들판을 뛰어다니는 사냥개가 됐을지 모른다.

아메리칸 핏불테리어는 흑인 갱스터들이 암살용

으로 개량한 품종이다. 놈들의 가죽은 생고무처럼 질기다. 턱 근육은 강아지의 두개골을 단번에 부숴 버릴 만큼 강하다. 대홍수로 고립된 뉴올리언스에서 황소를 사냥하는 놈들의 영상이 뉴스에 방영되면서 우리에게 알려진 바 있다. 가족을 수해로 잃은 백인 노파가 '테러블, 테러블' 하며 울던 영상과 핏불테리어의 살육 장면이 묘하게 혼합되어 기억 속에 남았다.

성대를 물린 그레이하운드가 신음 소리를 낸다. 높은 주파수대의 노이즈 같다. 나는 화면에서 시선을 떼며 헛기침을 한다. 목에서 얇은 쇳소리가 났다. 목덜미를 만져 본다. 하루에 몇 마디 하지 않아 기능이 점점 퇴화되고 있는 딱딱한 성대가 만져진다. 이쯤에서 경기를 중지하자고 마이클에게 말한다. 모니터 하단에 메시지 창이 깜빡거린다. 경기를 중지하지 말라는 김의 메시지이다.

문득 그레이하운드도 마스터 김의 저당 잡힌 목록에 속한 것인가, 의문이 든다. 하지만 의문을 가지면 안 된다고 고쳐 생각한다. 의문은 아무리 배고파도 먹으면 안 되는 독버섯과 같다. 모른 척 거들떠보지 말아야 한다.

고개를 땅에 처박은 그레이하운드의 눈두덩이에 블랙이글이 주둥이를 들이민다. 블랙이글의 송곳니에 그레이하운드의 눈두덩이가 걸렸다. 메시지 창이 다시 깜빡거린다. 그레이하운드의 터진 실핏줄을 클로즈업하라는 메시지다. 그레이하운드의 주둥이가 몇 번 부들거리더니 힘없이 바닥에 떨어진다. 블랙이글이 그레이하운드의 안구를 물어뜯는다. 놈의 주둥이를 따라 희멀건 젤리 덩어리가 쑥 빠져나온다. 사육사가 달려든다. 블랙이글은 안구를 뱉지 않는다. 안구가 빠진 그레이하운드의 두상에 어마어마한 구멍이 생겼다. 마이클이 그 구멍을 집요하게 클로즈업한다. 어디선가 한기가 몰려와 으스스하다. 구멍 속에서 질퍽하게 엉킨 핏덩어리가 연체동물처럼 스멀스멀 바닥으로 흘러내린다. 진액이 빠져나간 놈에게서 피비린내가 난다. 나는 코를 킁킁거린다. 피비린내가 투견장 너머 관제실까지 가득 찼다. 사육사가 축 늘어진 그레이하운드를 질질 끌고 투견장 밖으로 나간다. 훈련 영상을 올리라는 김의 메시지가 도착한다. 검은색 핏불테리어가 번쩍 뛰어올라 사람 키 높이에 걸린 자동차 타이어를 물어뜯는다. 놈이 매달린 타이어가 좌우로 요동

친다. 놈은 매달린 채 악착같이 타이어를 물고 있다. 바로 에이스 중의 에이스, 블랙이글이다. 베팅 금액이 점점 올라간다.

5

장뤼엔은 이곳에서 고향 냄새가 난다고 했다. 가축 냄새와 흙냄새 때문일 것이다. 그의 고향인 하북성 당산시도 농업과 공업이 어우러진 농공도시이다. 1976년 어느 날 열여섯 살 장뤼엔은 멀리서 밀려오는 커다란 움직임을 느꼈다. 그가 알고 있던 가장 큰 것보다 더 커다란 움직임이었다. 소리와 냄새, 진동이 한꺼번에 그를 덮쳤다. 그리고 아득해졌다. 그가 무너진 흙더미를 헤집고 나왔을 때 가족들의 모습이 보이지 않았다. 장뤼엔이 맡은 냄새가 무언가 와르르 무너지기 전의 전조가 아닐까 생각했다. 아니면 무너지는 것들의 냄새이거나. 그러나 물어보지 않았다. 아무리 3개 국어를 혼합하더라도 '무너지기 전의 전조'를 그에게 설명할 수 없을 것 같았기 때문이다.

훈련견들을 돌보는 일은 장뤼엔의 차지가 되었다.

쩔뚝거리며 걷는 장뤼엔에게 어쩌다가 브리더가 되었냐고 물어본다. 그가 걸음을 멈추고 먼 산을 바라본다. 북경동물원에서 아프리카들소의 자궁에 손을 넣어 인공수정을 성공했을 때가 그의 전성기였단다. 뜬금없다. 우리의 대화는 대체로 이런 식이지만, 어쨌건 뜻은 통한다.

장뤼엔이 다가가자 주눅 든 놈들이 슬그머니 사료 그릇 앞으로 다가온다. 놈들이 아직 살아 있는 걸 대견하게 생각해야 할지 언젠가 식육점으로 팔려 나갈 걸 미리 애도해야 할지 모르겠다.

독일셰퍼드가 사료 그릇 앞으로 성큼 달려온다. 늑대개의 대역으로 영화에 출연한 적이 있는 놈이다. 눈빛에 야성이 살아 있다며 다음 작품에도 부르겠다고 감독이 다짐했다. 하지만 영화가 흥행에 참패한 것인지 그뿐이었다. 우리를 열고 들어가 놈의 배를 만져 본다. 변비도 없는데 뱃가죽이 탄탄하다. 단백질을 충분히 섭취했다는 뜻이다. 투견에게 먹일 생닭을 몰래 먹인 것이다. 하여간 장뤼엔은……. 왠지 눈시울이 붉어진다. 앞서가던 장뤼엔이 뒤돌아본다. 괜히 놈의 털을 매만지고 앞발을 들어 살피는 척한다. 헌데.

묵직하다. 나는 깜짝 놀라 놈의 눈을 들여다본다. 길들여지지 않은 눈빛이 번뜩거린다.

장뤼엔이 고개를 갸우뚱거린다. 훈련시켜도 핏불을 이길 수 없어. 장뤼엔! 핏불은 지혜가 없어. 하지만 독일셰퍼드는 달라. 군견으로 널리 보급된다고. 장뤼엔이 전혀 수긍할 수 없다는 표정을 짓는다.

어차피 놈은 마스터 김이 원하면 언제라도 투견장 위에서 죽을 운명이다.

놈을 훈련시킬 계획을 세운다. 놈은 자동차 타이어를 물어뜯고, 매일 15km씩 달릴 것이다. 놈은 영리하기 때문에 투견 기술도 금방 익힐 것이다.

놈의 야성을 되살리려면 사료를 먹이면 안 된다. 인간이 만든 사료를 먹는 이상 가축의 굴레에서 벗어날 수 없다. 늑대는 인간의 사료를 먹으면서 가축이 된 것이다. 가축화란 먹이를 볼모로 동물의 본성을 인간의 편리에 맞추는 과정이다. 물론 늑대는 가축이 되면서 하이에나 떼를 피해 마른 나무 위에서 밤을 새우지 않을 수 있었다. 그러나 야성을 잃었다. 늑대와 반대의 경우도 있다. 우리는 초식동물에게 육식을 강요해 뇌에 구멍이 숭숭 뚫리는 해괴한 병을 20세기 말 병리사전에 적어야 했다. 계속해서 육식을 강요한다면 세기가 여러 번 바뀐 어느 미래에는 송곳니가 날카롭고 성미가 포악한 덩치 큰 반추동물이 우리 정원을 지키고 있을지 모르는 일이다.

놈은 진화의 고리를 더듬어 거꾸로 갈 것이다. 놈은 매 끼니 살아 있는 닭을 사냥한다. 피의 맛을 볼수록 놈은 강해진다. 꿈틀거리는 닭을 한 발로 누르고 모가지를 어기적어기적 씹는 놈의 눈빛은 야수에 가깝다. 뜨거운 생피와 펄떡이는 심장을 먹으며 수천 년 길들여진 가축의 근성을 버릴 것이다. 늑대개의 대역이 아니라 야성의 용맹과 힘이 있는 진짜 늑대 말이다.

장뤼엔! 놈을 훈련시키겠어. 그리고 경기에 내보내겠어. 장뤼엔은 무언가 골똘히 생각한다. 그것이 무언지 알 것도 같다. 하지만 장뤼엔의 예감을 열여섯 소년의 순박한 두려움 정도로 치부하자.

장뤼엔 걱정할 거 없어. 나는 놈의 아가리를 벌리고 치열을 살핀다. 선홍빛 잇몸에 깊이 박힌 송곳니가 번들거린다. 금방이라도 상대의 목에 깊이 박힐 것 같다.

독일셰퍼드를 훈련시키며 놈의 핏속에 흐르고 있

는 먼 광야의 냄새를 맡았다. 그것이 김에 대한 항명인 양 나를 흥분시켰다. 김의 핏불을 보기 좋게 제압할 거라는 자신감이 새로 돋는 송곳니처럼 새록새록 날카로워지고 있었다.

6

설치목 쥣과. 식성은 잡식성. 평균 수명은 2년 정도. 그러나 집계된 적은 없다.

동물병원에서 얻은 폴에 대한 정보이다. 폴은 아직 버섯을 먹지 않았다. 버섯에 독성이 있다고 판단한 것인지, 맹독성 냄새에 마비된 것인지 알 수 없다. 버섯 위에 올라가 꼼짝도 하지 않는다.

폴은 신장 10센티미터의 흰색 마우스이다. 어느 공장에서 생산되었는지 알 수 없으나 눈이 붉다. 장뤼엔이 폴처럼 작은 생명체를 도대체 어디에 쓸 거냐고 타박한다. 큰 놈이건 작은 놈이건 결국은 싸우다 죽고, 살아남더라도 시름시름 앓다 식육점에 팔려 나가는 게 이곳의 질서이다. 쥐를 아무리 키워 봐야 100그램이나 나갈까. 100그램이라면 아마 덤으로 줘도 안 가져

갈 거야. 장뤼엔 그런 게 아니야. 장뤼엔에게 폴 로진을 아느냐고 묻는다. 알 리가 없다. 그러니까 폴 로진 교수는……. 장뤼엔이 사료 수레를 끌고 투견우리 쪽으로 절뚝절뚝 걸어간다. 나는 장뤼엔의 등을 향해 주먹감자를 날린다. 내친김에 살가죽이 보라색인 퍼플의 이야기나 해야겠다.

퍼플은 승률이 높은 에이스급 핏불테리어였다.

상대가 꼬리를 가랑이 사이에 숨겼는데도 퍼플의 흥분은 가라앉지 않았다(보통의 투견은 상대가 뒷걸음치거나 신음 소리를 내면 패배를 인정한 것으로 보고 승부를 가른다). 과다하게 투여된 스테로이드제 때문이었다. 마이클이 피와 침으로 범벅된 퍼플의 아가리를 클로즈업했다. 그때 라운드가 끝났다. 장뤼엔은 상대를 물고 있는 퍼플에게 스프레이 파스를 뿌리며 떼어 내려 했다. 파스를 뿌리면 아무리 질긴 놈이라도 주둥이를 휘저으며 입을 떼기 마련이다. 하지만 흥분한 퍼플은 떨어지지 않았다. 과도한 스테로이드제가 신경의 어느 부분을 마비시킨 것이었다. 장뤼엔 또한 필사적이었다. 장뤼엔은 내륙 출신 특유의 외골수 기질을 부릴 때가 있었는데 바로 그때였다. 장뤼엔이 다시 파스를 뿌리며 퍼플에게 달려드는 순간 흥분한 퍼플이 갑자기 그의 종아리를 물었다. 사육사들이 달려들려고 할 때 김의 메시지가 도착했다. 그대로 둘 것! 마이클이 파란 버저를 눌렀다. 어떤 조치도 취하지 말라는 신호였다. 나는 달려들어 붉은 버저를 누르려 했다. 그러나 마이클의 완강한 손을 뿌리치지 못했다. 장뤄엔이 다리를 물린 채 뒹굴었다. 그 장면이 그대로 온라인에 생중계되었다. 우리는 엉거주춤 선 채 그 광경을 바라볼 수밖에 없었다. 흥분한 유저들의 댓글이 올라왔다. 대부분은 한 편의 퍼포먼스라고 생각했다. 일부는 장뤄엔이 이빨이 들어가지 않는 가죽바지를 입었을 거라고 생각했다. 하지만 퍼플을 떼어 냈을 때 모두 탄성을 질렀다. 피범벅 된 장뤄엔의 작업복과 종아리를 클로즈업했기 때문이다. 김의 경기 중단 메시지가 조금만 늦었으면 장뤄엔의 인대는 갈기갈기 찢어졌을 것이다.

나는 마이클에게 퍼플을 죽여야 한다고 했다. 한 번이라도 사람을 물어 본 투견은 즉시 죽이는 것이 투견판의 불문율이다. 금기를 넘어 본 투견은 언제라도 사람을 공격할 수 있기 때문이다. 하지만 마이클은 퍼플에게 어떤 처분도 내리지 않았다. 마이클은 알고 있었다. 에이스 퍼플도 한두 번 패배하면 시름시름 앓다가 식육업자의 트럭에 실리게 될 것을. 퍼플 사건 이후 사이트는 유저들 사이에서 입소문을 탔다. 그리고 배당률이 높은 경기에 마스터 김이 직접 베팅하기 시작했다.

7

분주하게 움직이던 숫자가 58.30에서 멈췄다. 킬로그램에 오천 원씩 치면 오오 이십오, 오팔 사십. 에누리 빼고 이십구만 원. 어때? 식육업자가 손사래 치며 한 발 물러선다. 나로서도 이십구만 원은 좀 억울한 가격이다. 부위별로 잘라낸다면 더 받을 수 있을까. 대시보드 안에 숨겨 놓은 업자의 정육용 칼을 좀 빌려야겠다. 먼저 뒤꿈치에서 아킬레스건이 시작하는 부위를 도려내서 피를 뽑아야 한다. 이런, 피를 따로 팔 수도 있다는 생각을 못 했다. 피를 받아 놓을 밀폐용 용기를 준비하고 다시…… 피를 적당히 뽑았으면 머리와 몸통, 사지를 분류하여 자른다. 좋은 값을 받으려면 살가죽이 손상되지 않도록 칼날을 15도 각도로 비스듬히 눕혀야 한다.

팔다리는 손발톱만 뽑고 달리 손질할 거 없이 진공포장한다. 이때 뿌리까지 확실히 뽑으려면 공업용 바이스를 이용하는 것이 좋다. 문제는 머리통이다. 버리자니 아깝고 써먹을 건 별로 없다. 살을 잘 발라낸 다음 서너 시간 푹 고아낸다. 그래야 덕지덕지 붙은 살점들이 떨어지고 두개골의 형태가 미끈하게 나온다. 오일을 적당히 바른 해골은 노 인류학자의 서가 한구석을 장식할 것이다. 다음은 내장을 발라내고 몸통을 손질할 차례인데, 업자가 어서 저울에서 내려오라고 화를 낸다. 아무래도 거죽밖에 남지 않은 내 몸뚱이가 내키지 않는 상품인가 보다.

모두가 무게로 팔려 나가는 이곳의 질서가 공평한 건지 모른다. 에이스 퍼플도 눈알이 빠진 그레이하운드도 그랬으니까(폴의 무게는 고작 에누리 축에도 못 끼니까 예외일 수 있겠다).

한쪽 귀가 덜렁거리는 독일셰퍼드를 저울에 올려놓는다. 식육업자가 놈의 상태가 좋지 않다며 값을 깎으려 한다. 장뤼엔이라면 어차피 식용인데 건강이 무슨 상관이냐며, 그 값에는 안 된다고 배짱을 부렸을 것이다. 하지만 업자와 흥정하는 일이 귀찮을 따름이다.

나는 놈이 어서 눈앞에서 사라지길 바란다. 업자가 만원짜리 몇 장을 내민다. 어쨌건 훈련견을 팔아서 받는 돈치고는 참으로 오랜만이다. 놈이 업자의 트럭에 오르지 않으려고 끙끙거린다. 그러다가 내 눈치를 살핀다. 나는 놈의 시선을 피하며 빨리 가라고 업자를 재촉한다. 온갖 종의 개들을 휴지 조각처럼 구겨 실은 트럭이 덜덜거리며 시동을 건다. 사지가 구겨진 놈의 눈이 글썽거린다. 야성이라곤 찾아볼 수 없는 눈빛이다. 눈치 빠른 놈. 어디로 팔려 나가는지 아는 것이다.

트럭이 내뿜은 매캐한 매연이 마당에 머물다가 서서히 사라진다. 며칠 동안이지만 열성적으로 놈을 훈련시켰던 게 창피할 따름이다. 몸을 데우고 있던 열기가 빠지자 한기가 밀려온다. 으스스 떨린다. 햇볕 좋은 투견우리 앞에서 거나하게 낮잠이라도 자고 싶은 생각뿐이다.

8

떫고 쌉쌀한 즙이 삽시간에 입안 가득 퍼진다. 한참을 씹다가 꿀꺽 삼킨다. 온몸 구석구석에 푸른 액체가 스며든다. 식도도 위장도 별다른 거부 반응이 없다. 이번에는 한 움큼 뜯어 어기적어기적 씹는다. 마른 흙냄새와 풋내가 난다. 혀끝에 닿는 날카로운 이파리. 이내 입안에 피비린내가 번진다. 누군가 등을 두드려 고개를 돌려 보니 시커먼 마이클의 그림자다. 나는 쭈그렸던 무릎을 펴며 마이클에게 손에 쥔 것들을 내민다. 마이클이 조금 뜯어 오물거린다. 퉤퉤. 침을 뱉으며 놀란 표정을 짓는다. 풀을 씹으며 마이클에게 마스터 김의 메일이 왔다고 말한다. 짐작하고 있었다는 표정인데도 마이클은 무슨 내용이냐고 묻는다. 짐작한 그대로라고 말하려다가 그만둔다. 마이클이 이해한다는 표정을 짓는다.

생각해 보면 김에게 받는 두 번째 메일이다. 어쩌면 두 번째 메일 또한 처음부터 예정된 것인지 모른다. 투견장의 감독을 맡으라는 메일이었다. 자연히 마이클에 대해 생각하지 않을 수 없었다. 하지만 김과 마이클의 문제는 내가 이해할 수 없는 일일 것이라고 생각하기로 했다. 메일 하단에는 마스터 김이 베팅할 투견의 이름이 적혀 있었다. 승률이 낮은 신출내기 브라운이었다. 그런데 상대가 블랙이글이었다. 블랙이글은 아직 전성기인데 김은 왜 벌써 버리려는가. 이해할 수 없었다.

메일에는 '일 년'이라는 단어가 여러 번 쓰였다. 일 년은 마이클 소유의 사육장이 김에게 완전히 넘어가는 데 걸린 시간이었다. 김에게 협조하지 않는다면 내가 갚아야 할 이자가 원금의 두 배가 넘을 수 있는 기간이기도 하다. 김에 대한 감정이 증오인가 스스로에게 물었다. 그러나 증오할 수 있는 에너지도 없다고 인정할 수밖에 없었다. 만약 열정이 생긴다면 어쩌면 김을 증오할지 모른다. 악착같이 달려드는 아메리칸 핏불테리어들도. 그러나 열정이 넘칠 때 생각해 볼 문제이다.

투견우리를 철거하고 새로운 막사를 짓는 상상을 한다. 마당 주변에 잔디를 깔고, 담장은 대숲으로 만들자. 그리고 작고 온순한 닥스훈트 두 마리만 키우자. 폴에게는 쳇바퀴가 있는 우리를 만들어 줘야겠다. 친구 될 놈을 서너 마리 더 넣어 주고……. 굳어 있던 마음이 조금 유연해진다. 생각해 보면 김이 갱스터라는 건 무력한 패배감에서 나온 억측이다. 김은 월가의 투자자일지도 모른다. 아니라도 상관없다. 마스터 김이

나 월가의 투자자들 모두 베팅하고 배당받는 것은 다를 게 없으니까. 투견장의 승부조작사라는 새로운 지위가 마음에 든다. 라스베이거스의 딜러라도 된 느낌이다. 김이 높은 수익을 올린다면 내 부채도 같은 비율로 탕감될 것이다. 반면 김이 수익을 올리지 못해 사업을 접는다면 나는 파산이다. 김은 저당을 악명 높은 갱스터에게 팔아넘길 것이다. 살아남은 몇몇 훈련견들은 업자의 저울에 올라갈 것이고, 나는 북태평양의 참치어선에 팔려 평생 육지를 밟아 보지 못할 수도 있다. 김이 배려한다면 신장 한 개와 각막 한쪽을 잘라 주고 빚을 탕감할 수도 있을 것이다. 문득 주변을 둘러본다. 두꺼운 유리상자에 갇힌 느낌이다. 마스터 김이 한두 가지의 룰만 바꾼다면 나는 분명히 상자를 벗어날 수도, 반드시 벗어나지 못할 수도 있다. 김은 나와 다른 차원에서 그런 일을 아무렇지도 않게 결정할 수 있다.

마스터 김의 메일에 적힌 몇 개의 물음표들이 반문하고 있었다. 거봐, 폭력 없이 얻을 수 있는 게 뭐가 있어?

9

생후 2년 반 된 브라운에게 재갈을 채운다. 놈의 아가리에서 쇳가루 냄새가 난다. 내장에 출혈이 생긴 것이다. 내장이 녹아내리는 냄새 같다. 놈은 투견장에 올라가기도 전에 질린 것이다. 이대로 놔두면 놈은 피똥을 쌀 것이다. 이런 놈이 과연 에이스 블랙이글을 이길 수 있을까. 아니 투견장에 올라갈 수나 있는 건가. 의심하지 않을 수 없다. 하지만 경기는 이미 이주일 전부터 광고가 되었다. 더구나 마스터 김이 베팅했다. 돌이킬 방법이 없다.

놈에게 먹일 개밥에 대해 생각한다. 너무 독하면 자칫 심장 발작을 일으킬 수 있다. 하지만 농도가 약하다면 놈은 경기가 시작되자마자 꼬리를 감추고 뒷걸음질 칠 것이다. 지나치게 룰이 복잡한 퀴즈게임 같다. 도대체 어떤 찬스를 써야 하는 거야. 수의사 마이클에게 힌트를 달라는 표정을 짓는다. 마이클이 김이 보낸 상자를 내민다. 상자에는 보톡스 약병이 들어 있다. 삼십대 후반의 남자에게 적합한 선물은 아니다. 거식증 치료와도 무관하다. 해석을 도와달라고 마이클을 쳐다본다. 마이클은 어느새 투견우리 앞에 누워 낮잠을 자고 있다.

나는 브라운에게 개밥을 주사하며 혼잣말처럼 웅얼거린다. 개밥을 주는 일은 나의 자비다. 다량의 스테로이드제와 항생제를 섞어 만든 개밥이 놈의 혈관을 타고 스며든다. 놈은 블랙이글에게 살점이 뜯겨 나가도 고통을 못 느낄 것이다. 투견에게 고통이 없다는 것은 철갑을 입은 것과 같다. 그러니 개밥을 주는 일이 자비라는 문장은 썩 괜찮은 문장이다.

곤봉으로 제압하고 입에 재갈을 물리자 블랙이글이 침을 흘린다. 이놈 그게 아니야. 놈을 다독거린다. 주사기를 보톡스 병에 꽂아 주사액을 빨아들인다. 바늘 끝에서 투명한 몇 방울의 액체가 파편처럼 흩어진다. 놈이 온몸으로 완강하게 버틴다. 뭘 좀 아는가. 설마…… 스테로이드제와 보톡스를 구분하는 투견이라면 해외토픽감이다. 걱정 마, 이건 김의 선물이야. 놈의 목덜미를 잡고 말한다. 놈과 눈이 마주친다. 온몸이 긴장하고 있지만 놈의 눈빛은 박제처럼 텅 비었다. 두려움도 고통도 없어 보인다. 하지만 악착같은 투지도 안 보인다. 놈도 자신의 운명을 아는 것인가. 언젠가는 패배할 거라는 거. 그러면 죽게 될 거라는 거, 두려움은 삶을 좀먹는 독약이라는 거. 마스터 김은 화면만으로 블랙이글의 눈빛을 읽은 것인가. 그래서 놈을 버리는 것인가. 새삼 놀라 주변을 둘러본다.

가까스로 블랙이글의 발과 턱에 보톡스를 주사한다. 머지않아 놈의 근육은 조금씩 무뎌질 것이다. 그러나 뻑뻑한 정도이지 움직이지 못할 정도는 아니다. 시간이 지나면 언제 그랬냐는 듯 원상회복될 것이다. 그 전에 게임은 끝날 것이다. 지독한 졸전이 되겠지만 김이 베팅한 브라운이 악명 높은 블랙이글에게 승리할 것이다.

10

마이클이 투견우리 앞에 쌓인 사료 부대에 기대 있다. 슬그머니 지나치려는데 한 놈이 짖어댄다. 덩달아 짖어대는 놈들. 삽시간에 난장판이 된다. 마이클이 꾹 눌러쓴 모자를 추켜올린다. 나는 아무 일도 아니라는 표시로 어깨를 으쓱하며 그 곁에 앉는다. 오후 볕이 따스하다. 마이클이 안주머니를 뒤적이더니 사진 한 장을 내민다. 흰 가운을 입은 마이클 옆에 그의 아내와 딸이 웃고 있다. 정말 이런 사진을 볼 때면 뭐라고 말해야 할지 모르겠다. 좋은 시절이었군, 혹은 단란한 가족이로군. 이렇게 말해야 하는가. 생각지도 않은 엉뚱한 말이 나온다. 내가 아는 수의사는 줄기세포로 복제 양을 만들었다고. 마이클이 자기도 알고 있다고 한다. 그러나 자기는 투견에게 스테로이드제를 놓아 싸움을 붙인다고 한다. 하지만 그마저도 못 하게 되었다고. 나도 알고 있다고 말한다. 마이클이 자기도 사육장을 가지고 있었다고 말한다. 나도 짐작하고 있었다고 말한다. 마이클이 어색한 표정으로 웃는다. 가만 생각해 보니 마이클이 웃는 모습은 처음이다. 그래서 나도 웃는다. 마이클이 왜 웃느냐고 묻는다. 인생을 저당 잡힌 주제에 웃음이 나오느냐고 묻는 것 같다. 그렇다면 당신은? 마이클이 어깨를 으쓱한다. 나는 딸아이가 예쁘다고 말한다. 마이클이 다시 웃는다. 나도 키득키득 따라 웃는다. 웃으니까 웃을 만한 일인 것 같고, 웃어도 될 것 같다. 웃지 못할 일이 세상에 뭐 있겠는가 싶다. 참 볕이 투명한 오후다.

11

냄새는 스펙트럼이 넓은 파장일지 모른다. 때문에 무수한 각 지점들이 같은 냄새라 할 수 없다. 각각의 냄새는 독립된 하나의 세계이다. 그러니 새로운 냄새를 맡았다는 건 새로운 세계를 발견한 것이다.

직경 6m의 원을 절반으로 나눈 각 지점에 두 마리의 핏불테리어가 으르렁거리고 있다. 28.6kg의 브라운과 30.3kg의 블랙이글이다. 배당률이 사이트 메인 화면에 실시간으로 집계된다. 최종 배당률은 블랙이글과 브라운이 각 1:3.8이다.

버저를 누르자 놈들이 뒤엉킨다. 블랙이글이 브라운의 목덜미를 물려고 한다. 브라운이 날렵하게 피해서 블랙이글의 등에 올라탄다. 그러기를 두어 번 반복하지만 서로 치명상을 입히지 못하고 있다. 지금쯤 브라운에게 주사한 개밥이 놈의 혈관을 따라 근육 구석구석으로 퍼지고 있을 것이다. 아드레날린이 놈의 심장을 자극하고, 놈의 근육은 잔뜩 팽창할 것이다. 반면 블랙이글의 앞발과 턱은 서서히 마비될 것이다. 그러나 웬걸, 블랙이글에게 목덜미가 물린 브라운이 간신히 빠져나오는 형국이 반복되고 있다. 이미 블랙이글이 승점을 두 점이나 따고 있다.

모니터 하단에 마스터 김의 메시지가 깜빡거린다. 메시지를 끄집어 올렸더니 느낌표만 몇 개 찍혀 있다. 붉은 버저를 누르자 사육사들이 놈들을 떼어 놓는다. 1라운드가 끝났다. 놈들은 링 구석에서 숨을 가다듬고 있다. 마스터 김의 메시지가 다시 깜빡거린다. 김이 베팅했다는 금액을 생각해 본다. 김이 돈을 잃으면 무슨 일이 생기는 걸까. 칠흑 같은 어둠을 뚫고 마스터 김이 나타나는 걸까? 그리고 마침내 파국을 집행하는 것인가?

메시지의 깜빡거리는 속도가 점점 빨라지는 것 같다. 블랙이글의 주둥이에 보톡스를 더 주사해야 하는가? 아니면 브라운에게 농도가 진한 개밥을 더 주어야 하는가. 어쨌건 투견장을 풀 샷으로 잡고 있는 화면을 바꿔야 한다. 다음 주 경기의 광고 화면을 끌어올리는데, 오렌지색 메시지 창이 화면을 가득 메운다. 그리고 모니터가 흐려진다. 잘못 조작한 것인가. 화면에 폴의 유리상자가 보인다. 폴은 버섯 주변을 빙글빙글 돌고 있다. 버섯을 먹은 것인가? 알 수 없다. 그

앞에 서 있는 검은 그림자. 그림자가 상자 속에 손을 넣는다. 폴을 꺼내려는 것인가. 검은 그림자가 버섯을 꺼내더니 뜯어먹기 시작한다. 분주하게 움직이던 폴이 가만 멈춰 있다.

나는 모니터 속에 손을 집어넣는다. 그리고 그림자의 어깨를 부여잡는다. 그림자가 뒤돌아본다. 그의 어깨를 부여잡은 손이 스르르 흘러내린다. 세상에!

마이클이다. 마이클이 투견우리 쪽으로 걸어간다. 투견우리 주변에 진갈색의 버섯들이 흐드러지게 피어 있다. 버섯 하나를 떼어 내 냄새를 맡는다. 후끈한 기운이 끈적끈적하게 코끝에 들러붙는다. 재채기가 나올 듯 나올 듯하다가 멈춘다. 길쭉하게 벌어진 입을 얼른 다물고 킁킁거린다. 마른 침 냄새 같기도 하고, 단백질이 타는 냄새 같기도 한. 아니 내장이 녹아내리는 냄새 같다. 입자가 날카로운 냄새다. 낚싯바늘 같은 냄새의 미늘이 신경을 긁는다. 툭툭 터지는 세포의 진물이 눅눅한 생채기를 만들자 조금씩 무뎌진다. 설핏한 가닥 바람이 분다. 날을 세운 냄새가 다시 스멀스멀 몰려온다.

삽시간에 냄새가 관제실에 가득 찼다. 나는 킁킁거

리며 냄새의 진원지를 찾는다. 확실히 냄새의 근원은 버섯이 아니라,

바로 나였다.

뭐 하는 거야? 곧 2라운드야. 장뤼엔이 관제실 문을 박차고 들어온다. 화면 하단에는 오렌지색 메시지가 어서 조치를 취하라며 깜빡거린다. 나는 의자에서 벌떡 일어선다. 그런데 어딘가 미치도록 가렵다. 손을 더듬어 가려운 곳을 찾는다. 나도 모르는 사이 날카롭게 자란 송곳니가 잡힌다. 조련용 곤봉을 들고 투견장으로 달려간다. 누구를 향해 곤봉을 휘두르게 될지는 아직 모르겠다. 다만 마른 나무 위에서 하이에나 떼로 뛰어드는 늑대의 날카로운 송곳니가 잠시 떠올랐을 뿐이다.

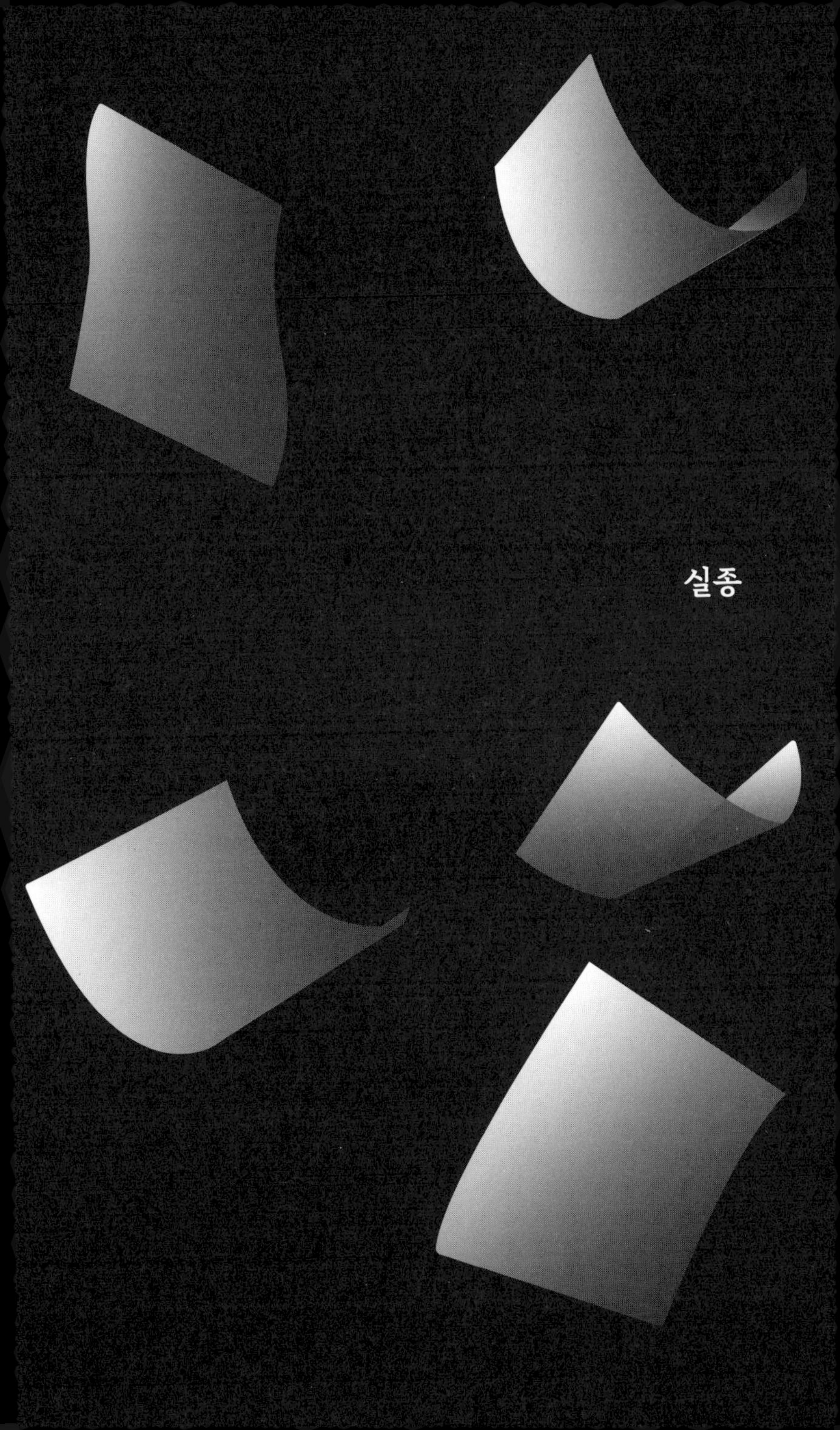

실종

전화벨 소리에 눈을 떴지만 주위는 암흑이었다. 박용석은 지끈거리는 머리를 부여잡고 한 손으로 허공을 더듬었다. 주위는 쥐어질 듯 쥐어지지 않는 질감 없는 공허한 어둠뿐. 그는 몸을 일으키며 소리를 따라 손을 뻗었다. 거칠고 습한 벽이 가로막았다. 그는 손등이 쓸리는지도 모르고 벽에 걸린 수화기를 허겁지겁 붙잡았다. 다이얼도 없는 인터폰 저편에서 누군가의 목소리가 들렸다.

"하고 싶은 말은?"

어디선가 매캐한 곰팡이 냄새가 났다. 벽에 등을 기대자 서늘한 한기가 피로와 함께 등골에 스며들었다. 눈꺼풀은 의지와 상관없이 서서히 침몰하는 목선처럼 스르르 감겼다.

"아주 사소한 사건이라도……."

박용석은 기껏해야 당신은 누구냐고 묻는 정도였고, 그는 호방하게 웃으며 자신은 장이라고 말했다. 어디선가 진한 럼주 냄새가 흘러들었다. 그리고 갑판에서 럼주를 마시며 말라비틀어진 육포를 뜯는 선원들이 오버랩되었다.

장은 어디서 전화하고 있는 걸까. 여긴 어디일까.

박용석은 다음 말을 잇지 못하고 더듬거리며 인터폰이 연결된 전선을 따라갔다. 전선은 얼마 가지 않아 벽 속으로 사라졌다.

*

장은 커다란 열쇠 꾸러미를 든 관리소장의 뒤를 따랐다. 암갈색 벽돌로 지은 낡은 건물이 좌우로 즐비한 골목이었다. 열쇠 꾸러미를 좌우로 흔들며 걷던 관리소장이 철문 앞에 멈췄다. 그리고 손에 든 열쇠 꾸러미를 신중히 살폈다. 관리소장은 크기와 모양이 제각각인 열쇠 중에서 구릿빛 열쇠를 골라냈다.

"절도범들은 열쇠를 불안을 측정하는 천칭이라고 생각하지. 풀기 난해한 열쇠의 주인일수록 지킬 것이 많은 법이니까."

철문이 서서히 열리자 지하실의 눅눅한 냄새가 훅 덤벼들었다. 그들은 플래시로 가파른 계단을 더듬으며 천천히 내려갔다.

오륙십 평 남짓. 넓지도 좁지도 않은 적당한 넓이였다. 햇볕은 천장 밑 환풍기 날개 사이로 들어오는 빛이 전부였다. 벽에 핀 푸른곰팡이 꽃은 햇볕이 지나가는 흔적마다 검게 시들었다.

"그래 여기선 뭘 할 건가?"

장이 영화를 만들 거라고 했다. 소장은 무언가를 가늠하는지 말없이 플래시를 한 번 껐다 켰다. 장방형 구조의 지하실은 벽면이 울퉁불퉁 거칠었다. 유일한 구조물인 계단도 간격이 고르지 않고 삐뚤빼뚤했다. 한눈에도 날림으로 지은 건물이다. 그나마 눈에 들어오는 건 계단 밑 자투리 공간. 벽돌을 쌓아 막으면 무엇이건 영원히 숨길 수 있는 비밀창고가 될 것 같았다.

"운이 다한 거지. 더 이상 가망 없어."

소장이 꼬깃꼬깃 구겨진 담배를 꺼내 입에 물었다. 라이터돌 긁는 파열음만 낼 뿐 불이 붙지 않았다. 장은 부스럭거리는 벽을 손톱으로 긁어냈다. 그리고 가망이 없는 것들을 생각했다. 머릿속에 그가 써 놓은 시나리오들이 나열되었다. 다시 가망 있는 것들을 떠올렸다. 줄을 섰던 것들이 하나씩 사라지고 빈자리만 남았다. 지하실을 얻는 일이 가망 있는 쪽에 속할까 아니면 가망 없는 쪽에 속할까. 장은 주머니에서 라이터를 꺼내 소장의 담배에 불을 붙였다.

"영원한 건 없는 거야. 한때는 C지구도 번창했지."

새로운 다운타운이 형성되기 전까지 C지구는 이 도시를 대표하는 환락가였다. 강 건너 섬유공단에서 흘러온 돈이 C지구를 살찌웠다. 하지만 이제 공단에서 흘러나오는 것은 소다 냄새뿐이었다. 빽빽한 원단을 흐물흐물하게 녹이는 가성소다 냄새는 강을 건너면서 눅눅한 습기를 머금었다. 습기를 머금어 무거워진 냄새는 좀처럼 C지구를 떠나지 못했다. 낮이면 골목 구석에 숨어들었다가 새벽이면 흘러나왔다.

사람들은 가성소다 냄새 때문에 C지구가 몰락했다고 말하지만 사실이 아니었다. 매캐한 소다 냄새보다 독한 것들이 골목골목에 숨어 있었다. C지구를 찾던 사람들이 노쇠해 가는 골목에 염증을 느낄 즈음 머지않은 곳에 다운타운이 생겼다. 다운타운의 상인들은 C지구에는 가성소다 냄새와 함께 잠식된 미해결 실종 사건이 여러 건 있다는 소문을 퍼트렸다. C지구의 상권은 천천히 무너졌다.

부활을 꿈꾸던 상가번영회는 재개발 지역으로 묶일 수 있도록 여러 해 동안 정관계 인사에게 로비했다. 마침내 C지구는 재개발 지역으로 묶였으나 재개발로 부활할 수 있는 시대가 끝난 다음이었다. 재개발이 언제쯤 진행될지 누구도 장담할 수 없었다. 로비가 성공했다고 자축하던 상가번영회 사무실은 오래지 않아 폐쇄되었다.

다운타운에서 밀린 아이들이 건물 관리인의 눈을 피해 C지구로 숨어들었다. 이따금 빈 상가에서 피 묻은 팬티가 발견되었다. 그 곁에는 본드가 범벅인 비닐봉지가 있기 마련이다. 옥상과 지하실은 오래지 않아 길고양이들의 서식지로 변했다.

그렇더라도 소장이 요구한 월세는 시세에 비해 지나치게 헐값이었다.

월세가 건물주에게 제대로 전달될지 의심스러웠다. 하지만 장은 월세가 소장의 주머니로 들어가도 상관없는 일이라고 생각했다.

장이 손톱으로 긁어낸 푸석한 시멘트 가루 위에 관리소장이 담배꽁초를 던졌다. 장은 선불로 여섯 달치 월세를 치렀다. 그들은 서로가 감수할 적당한 크기의 비밀을 갖게 될 것이다. 소장은 꽁초를 발로 비벼 끄며 반들반들하게 닳은 구릿빛 열쇠를 장에게 건네주었다.

*

전화가 왔다.

장이 쓰는 시나리오의 첫 대사였다. 암전 속에서 주인공의 독백이 흐른 뒤 자막이 흐르고 영화가 시작된다. 영화 곳곳에 주변 인물의 진술을 인터뷰 형식으로 곁들이는데, 다큐멘터리 같은 느낌을 주기 위한 포석이다.

물론 아직은 장의 머릿속에만 있는 이야기일 뿐이다. 하지만 장은 이 이야기를 떠올리면서 그동안 쥐었다 놓았다 했던 여러 발상들을 던져 버렸다.

그전까지 여러 발상들이 장의 머릿속에 맴돌았지만 어느 하나 구성으로 엮이지 않았다. 그렇다고 솔기에 붙은 짧은 머리카락처럼 껄끄럽지만 쉽게 떨어지지도 않았다. 장은 늘 약속 장소에 먼저 도착해서 강박의 징표처럼 가지고 다니는 노트북을 펼쳤다. 의미에 닻을 내리지 못하고 부유하는 문장들이 쓰였다 지워지기를 반복하다 보면 약속한 사람이 나타났다. 장은 기다리기 지루했다는 듯 기지개를 켜고 노트북을 덮었다. 그로써 머릿속을 맴돌던 문장들은 먼지처럼 날아갔다.

모티브가 뭐냐, 스토리 구성에 대해 말해 달라며 과도한 관심을 보이는 선후배들은 대개 장의 부탁을 단칼에 잘라낼 사람들이다. 그들은 새로 쓰는 작품'은' 기대해 보겠다고 말했다(그런 말을 들으면 자연히 오래전 읽었던 그들의 치기 어린 습작품이 떠올랐고, 그것을 되짚어 보면서 상처받은 자존심을 조금 추스르곤 했다).

궁핍할수록 가능성이라는 허무맹랑한 신기루를 찾아 헤매기 마련이다. '은'이라는 한정격 조사가 거슬리면서도 그들이 모이는 자리에 꾸역꾸역 찾아다녔다. 그 자리에는 종종 유력한 감독이나 투자자와 선이 닿는 제작사 측 관계자들이 함께했다.

넉넉한 건 시간뿐이지만 시간의 양이 집중력을 담보하지는 못했다. 오히려 넉넉한 시간 앞에서 안절부절못하는 어린아이 같았다. 장은 시나리오 파일을 열어 놓고 다운받은 영화를 보거나 인터넷 창을 열었다 닫았다를 반복했다. 그러다가 새벽이 오면 머릿속에는 두서없이 잘려 나간 영화의 한 토막과 연예계의 시시콜콜한 스캔들, 띄엄띄엄 썼던 문장 몇 개가 뒤섞여서 곤죽이 되었다. 어둠이 걷히면서 또렷해지는 것은 열패감과 공허한 다짐뿐이었다.

그렇게 시간이 흘러가던 어느 새벽. 장은 점점 푸른 빛을 발하는 창밖을 무료하게 바라보고 있었다. 그때 오토바이 한 대가 맞은편 오피스텔 앞에 멈췄다. 오토바이에서 내린 신문 배달부가 나올 때까지 장은 골똘하게 현관을 바라보고 있었다. 한참 후 장은 맞은편 오피스텔로 달려갔다. 비밀번호를 입력해야 열리는 자동식 현관이었다. 몇 개의 숫자를 조합해서 비밀번호를 입력했지만 현관은 열리지 않았다.

장이 다시 돌아왔을 때 문 앞에 조간신문이 떨어져 있었다. 갓 인쇄된 신문의 아린 석유 냄새가 장의 물컹물컹한 속내 어느 지점을 들쑤셨다. 대단한 각오가 생긴 것은 아니었다. 다만 무엇을 해야 할는지 알 것 같았다. 장은 날이 밝자마자 박용석의 오피스텔이 있는 다운타운의 신문 배급소를 찾아갔다.

처음 며칠 동안 장은 다운타운 일대의 배달을 맡았다. 얼마 후 박용석의 오피스텔을 담당하던 배달원이 말없이 그만두었고, 장은 자연스럽게 그의 구역을 맡았다. 장이 맡은 구역은 면적이 넓지만 빈 건물이 많아 배달원들이 꺼리는 코스였다. 다운타운을 거쳐 C지구의 동쪽 끝에서 배달을 마칠 때쯤에는 이마에 맺힌 땀이 싸늘하게 식었다.

장은 C지구의 골목골목을 걸으며 박용석이 주인공이 될 시나리오를 구상했다. 그리고 여기저기로 번지던 편린들을 모아서 꼼꼼하게 엮어 나갔는데 정리하니까 이런 이야기가 되었다.

#암전 속 주인공.

전화벨이 울린다. 어둠 속에서 눈을 뜬 주인공 사내는 어제도 전화를 받고 깨어났다는 사실을 깨닫는다. 여전히 암전이다.

#하루 전 사내의 오피스텔. 요란하게 울리는 전화기를 클로즈업한다.

새벽녘에야 잠든 주인공은 전화를 받지 않는다. 하지만 집요하게 울리는 전화벨은 예리한 바늘이 되어 그의 관자놀이를 찌른다. 몽롱한 상태에서 통화 버튼을 누르고 수화기 저쪽에서 들리는 질문에 건성건성 대답한다. 깜빡 잠들기도 한다. 그러다가 천천히 일어선 그는 머리맡에 두었던 담배를 찾아 불을 붙인다.

유명 제작사와 계약한 신인감독의 전화다. 감독은 같이 손발을 맞춰 보고 싶다며, 작업 중인 시나리오가 있냐고 묻는다. 그의 시나리오는 다른 사람이 연출하여 단편영화제에 몇 번 입상했다. 하지만 그런 작가는 발길에 치이는 게 현실이고 그도 그 현실을 잘 알고 있다.

그는 담배를 깊이 들이마신다. 종반부에서 진척이 없는 시나리오를 감독에게 보여 주면 어떨까 생각한다. 한 조각도 도려내지 못해 빽빽한 구성이 문제였다. 하지만 어디를 잘라낼지 판단하기 힘들었다. 자신은 풀지 못하는 실타래를 감독이 과감하게 잘라낼지도 모른다는 기대를 품었다 할까. 그는 선뜻 감독과 약속을 잡는다.

시나리오를 출력하는 사이 미처 떨어내지 못한 담뱃재가 이불에 떨어진다. 그는 입김으로 살살 불어낸다. 미세하게 날리던 담뱃재가 기도를 타고 들어간다. 재채기를 하자 담뱃재가 화산재처럼 날려 이불이 엉망이 되었다. 그는 징크스나 전조라는 단어를 신뢰하지 않는 사람이지만 시나리오를 출력해 놓고 고민한다.

감독이 시놉시스를 읽는 동안 박용석은 테이블에 놓인 럼주를 마신다. 지하실 공기만큼 그의 기분도 눅눅해진다.

"시놉시스만으로는 뭐라 말하기 어려운데요."

감독이 시놉시스를 덮으면서 말한다. 시나리오를 가져오지 않았다고 타박하는 것이다. 그는 아무래도 상대가 감독이라는 점이 거슬렸다. 자칫 발상만 공유하는 꼴이 될 수 있다.

"좋습니다. 다음에는 미완성된 시나리오라도 가지고 오세요."

그는 말없이 럼주를 한 잔 마신다. 감독이 의자를 끌어당겨 그의 맞은편으로 옮긴다. 주머니가 얇은 선원들이 럼주와 맥주를 섞어 마시면서 폭탄주의 기원이 됐다며 감독이 커다란 유리잔에 럼주와 맥주를 섞는다. 그는 감독이 시놉시스를 어떻게 읽었는지 궁금해진다. 감독은 독백처럼 한마디 한다.

"이야기가 너무 꼬였어. 어떻게 풀어야 할지 모르겠어."

그는 너무 빽빽한 구성이라 풀어 나가기 힘들겠다는 얘기로 듣는다. 그는 취해서 감독에게 작품의 의도를 설명하지만 감독은 너무 꼬였다는 말만 반복한다. 감독의 말이 신경을 거스른다. 한편으로는 한 치 아래로 보는 것 같아 불쾌하다. 기껏해야 몇 살 차이도 안 날 것 같은데……. 감독은 작품의 미덕이 뭔지 알긴 아는 건가. 그가 한마디씩 던질 때마다 감독에게 시비를 거는 격이 된다.

그는 만취되어 같은 골목을 계속해서 헤맨다. 분명 이 골목만 빠져나가면 자신의 오피스텔이 있는 다운타운인데. 그는 비틀거리며 걷는다. 그는 주머니를 뒤졌지만 전화기가 보이지 않는다. 전화기를 찾아 비슷하게 생긴 골목을 더듬는다. 그런데 시놉시스는 어디 있는 거지. 그는 가방을 뒤졌다. 감독의 작업실에 놓고 온 것인가. 그는 어둠이 짙어지는 골목을 돌아본다.

*

마지막 배달이 끝나는 골목에는 늘 피로한 고요가 기다리기 마련이다. 장은 골목을 밝히는 불빛을 따라 편의점으로 들어갔다. 함께 따라온 지친 어둠이 어깨에서 사르르 녹아내렸다. 창밖으로 새벽 어스름이 내리기 시작했다.

장은 냉장고와 식품 진열장 사이에서 한참 서성였다. 배고픔도 갈증도 없는 새벽이었다. 다만 약간 피곤했다. 반사경으로 보이는 점원의 눈빛이 갓 스물을 넘겼을까. 애써 태연한 척하지만 긴장한 눈빛을 숨길 수 없었다.

왜? 주머니 속에서 은색 피스톨이라도 꺼낼까 봐. 그러고 보니 야구 모자를 깊이 눌러쓰고 마스크를 한 모습이 조금 위협적일 수도 있겠다. 장은 마스크를 벗고 볼록거울을 향해 어깨를 으쓱했다. 아무런 위협적인 것도 없다는 표시였다.

장은 우유팩을 따면서 점포 안을 천천히 살폈다. 달달하고 끈적끈적한 과당이 입안에 퍼졌다. 바코드리더를 잡은 점원의 손이 미세하게 떨렸다. 무슨 일이 생기면 바코드리더로 방어하겠다는 건가. 풋. 하마터면 입안에 머금은 우유를 뿜어 버릴 뻔했다. 점원은 여전히 굳은 표정이었다.

바쁠 일 없는 새벽이었다. 장은 한 손을 카운터에 짚고 천천히 우유를 마셨다. 점원의 시선이 산만하게 창밖과 점포 이곳저곳으로 옮겨 다녔다. 점원은 갑자기 무언가 생각난 듯 출입문 쪽으로 걸어갔다. 그리고 새벽 파트타이머를 구하는 벽보를 떼어 냈다.

"혹시 주운 물건이라고 가져온 사람이 없었나요? 저 골목에서 잃어버린 거 같은데."

점원은 쟝이 가리키는 C지구의 골목을 향해 고개를 돌렸다. 새벽 어스름이 내리는 골목은 멀어질수록 명도가 낮아지는 유화 같았다. 그리고 골목 중간쯤에 있는 가로등을 지나서는 가늠할 수 없을 정도로 어두웠다.

"다이어리 같은 거요?"

"그래요. 손바닥 크기의……."

점원은 생각을 더듬듯 고개를 왼쪽으로 살짝 숙였다. 골목에서 무언가를 찾는 것처럼 한참을 그렇게 응시했다.

"글쎄요……."

"안개가 많은 새벽이었는데……."

"주인아저씨가 C지구에는 매일 안개가 낀다고 해요. 흘러들어 오지도 않고 흘러서 나가지도 못하는 동네래요. 모든 게 멈춰 버린 거죠."

쟝이 주머니 깊숙이 손을 넣었다.

"……그래서?"

점원이 힐끔 장의 눈치를 살폈다. 은회색 피스톨이라도 꺼내야 하나. 하지만 주머니 속에는 달그락거리는 작업실 열쇠뿐이었다.

"그렇다는 거죠."

점원이 바코드 스캐너 위에 얹은 손가락을 움직였다. 피아노 건반을 누르듯 검지부터 새끼손가락까지 차례대로, 일정한 리듬으로 반복했다. 점원은 무엇을 계산했을까. 장과 멀어지는 거리를 측정했을까. 아니면 불안의 깊이를 재고 있었을까.

편의점을 나와 한참 걷던 장은 뒤늦게 점원에게 해줄 말이 떠올랐다. 새벽에 누군가와 마주친다면 그 뒤에는 치밀한 계획이 숨어 있기 마련이라는 충고였다. 그러나 돌아가기에는 너무 멀어져서 떠올린 생각이었다.

새벽 어스름이 내리는 골목은 폐허에 가까웠다. 대부분의 상가들이 오래전 문을 닫았다. 간혹 간판을 걸고 있는 상점들도 폐업 상태나 마찬가지였다. 한 무리의 고양이 떼가 건물에서 튀어나왔다. 깨진 창으로는 길고양이들이 골목을 향해 머리를 내밀고 있었다.

장은 갑자기 무언가 생각난 듯 길을 되짚어 걸어갔다. 그리고 편의점 안에서 C지구의 골목을 향하여 설치된 CCTV를 발견했다. 티끌 없이 깨끗한 와인 잔에 지문을 선명하게 묻힌 것 같은 기분이랄까. 장은 팔에 끼고 있던 신문 몇 장을 뿌드득 소리가 나게 움켜쥐었다.

*

박용석은 감독의 작업실을 나오자마자 오피스텔로 곧장 향했다. 돌아가서 시나리오의 한 도막을 과감하게 잘라낼 계획이었다. 하지만 얼마 가지 않아 그는 발걸음을 멈췄다. 습기에 젖어 눅눅하고 두툼한 수첩이 발에 걸렸다. 하지만 진로를 방해하기엔 턱없이 가벼운 태클이었다. 그는 천천히 주변을 둘러보았다. 사위는 며칠째 가시지 않은 스모그의 세계. 한 줌 뜯어내 쥐어짜면 폐유가 뚝뚝 떨어질 정도로 빽빽한 스모그였다.

그래서 깊숙이 꽂힌 현금만 빼고 골목 구석에 던졌냐고?

박용석은 수첩을 가로등에 비추었다. 자신의 이름이 여러 쪽에 적혀 있었다. 주인이 누군지 짐작할 수 있었다.

경찰에 신고할까.

꾸벅꾸벅 졸던 중년의 지구대장이 벌떡 일어선다. 접이식 의자에 앉아 지구대장의 희끗희끗한 귀밑머리에 한눈파는 사이 조서는 이미 수첩을 주운 경위를 작성하고 있다. 하지만 지구대장에게 박용석의 이름이 적힌 수첩이 사건의 어떤 전조로 보일 리 없다.

기껏해야 모서리가 닳아빠진 수첩인데, 뭘.

지구대장은 수첩을 구석진 수납함에 던져 놓는다. 힐난하는 박용석의 눈빛을 보며 지구대장은 '경찰관 직무집행에 관한 법률'을 펼친다. 깨알같이 작은 법조문이 눈에 들어올 리 없다.

당신 이름 몇 번 나왔다고 큰 위협이 되는 건 아니잖아. 기껏해야 경범죄라고.

박용석은 수첩을 손에 쥔 채 골목을 바라보았다. 스모그의 행렬이 C지구 깊은 곳으로 천천히 흘러갔다. 행렬을 따라 수첩이 떨어진 것도 모른 채 걷고 있는 장의 뒷모습이 보이는 듯했다. 그는 두툼한 수첩을 외투 주머니에 욱여넣었다. 빽빽하게 들어가는 수첩 때문에 주머니가 찢어졌는데, 그는 무언가 명쾌해지는 느낌이었다. 그리고 지독하게 꼬여 있는 시나리오를 풀어낼 단초가 될지도 모른다고 생각했다. 그는 쟝의 지하실로 되돌아갔다.

*

#5 어두운 공간. 시간과 장소를 알 수 없다.

의자에 앉아 있는 주인공 사내의 실루엣이 희미하게 보인다. 딱지가 내려앉은 손가락이 거친 벽을 더듬는다(클로즈업). 얼마 움직이지 못하고 비스듬한 벽을 만난다. 다시 움직이는 손.

쿵. 카메라 앵글이 좌우로 흔들린다. 낮은 천장에 머리를 부딪친 주인공. 머리를 부여잡고 다시 의자에 앉는다.

카메라가 빠르게 달아나는 바퀴벌레를 쫓는다. 바퀴벌레가 어둠 속으로 사라지자 천천히 밝아진다. 식빵을 대각선으로 잘라낸 듯 직각삼각형 구조. 사방이 막힌 좁은 공간이다.

#6 관찰자.

그가 구부정한 자세로 천장에 난 구멍을 들여다보고 있다. 구멍 끝에 30촉 백열등이 보인다. 그의 눈동자가 점점 커진다. 이 공간을 빠져나갈 수 있는 유일한 통로가 통기구밖에 없다는 사실을 깨달은 것이다. 연기처럼 스며들어 구멍을 통과할 생각이다. 그러나 전등이 꺼지고 다시 어두워지자 세상으로 통하는 모든 통로가 막힌다.

사위가 점점 밝아지자 작은 탁자와 접이식 의자가 보인다. 의자에 주인공이 앉아 있다. 머리 위 구멍에서 희미하게 조명이 비친다. 그는 벽에 걸린 인터폰을 들고 소리친다.

"도대체 뭘 원하는 겁니까?"

지친 그가 의자에 등을 기대고 있다. 그의 손에 시나리오가 들려 있다. 잠시 후 그는 소리 내어 시나리오를 읽기 시작한다.

여섯 번째 신(scene)까지 읽은 박용석이 노트를 덮었다.

"이 이야기는 시작부터 잘못되었습니다."

박용석은 자신의 영감이 인도한 곳이 쟝의 지하실 벽 속이라는 사실을 인정할 수 없었다. 무언가 대단히 잘못된 것이다. 통기구 사이로 들어오는 바람에 곰팡이의 포자들이 날아다녔다. 박용석은 기침하며 의자에 고쳐 앉았다. 통기구의 백열등이 위태롭게 한 번 깜빡하더니 다시 켜졌다.

"처음부터 다시 쓰고 싶단 말처럼 들리는데……?"

"주인공이 감독의 작업실에 갇히는 상황부터 잘못된 겁니다. 감독이 원하는 것이 주인공의 아이디어나 시나리오라면 그를 벽 속에 가둘 필요는 없으니까요."

수화기 속에서 쟝의 한숨 소리가 들렸다. 쟝이 한숨을 거둬들이자 사늘한 정적이 흘렀다.

"잘못된 것은 없어. 앞으로 잘못될지는 모르겠지만……. 한데 주인공이 왜 감독의 작업실로 돌아온 걸까. 시놉시스 때문일까. 뭔가 다른 이유가 있는 건 아닐까?"

"주인공의 행동이나 이유는 중요하지 않습니다. 감독이 주인공을 가둔 의도가 중요한 거죠."

"글쎄 이미 쓴 시나리오보다는 주인공이 앞으로 어떤 시나리오를 쓰게 될는지 궁금했다고 할까. 주인공의 이야기는 어떻게 끝날까."

박용석은 장의 의도가 무엇인지 알 수 없었다. 어찌 들으면 자신을 가두고 시나리오를 쓰게 하려는 의도로 들렸고, 다시 생각하면 자신을 가둔 것이 목적이라는 말로 들렸기 때문에 어떤 답도 할 수 없었다. 어떤 대답을 해도 결국은 오답이 되는 패러독스일 것이다.

"어쨌건 이야기는 당신 스스로 완성해야 할 거야."

"내가 보고 싶은 결론은 해피 엔딩입니다."

"그러려면 해결할 많은 문제들이 있을 텐데. 우선 여길 나가야 하지 않을까."

박용석은 백열등이 희미하게 비치는 한 평 남짓한 공간을 둘러봤다. 말라비틀어진 빵 조각 위에 바퀴벌레 서너 마리가 스멀거렸다. 따뜻한 물 한 잔이 간절했다. 그는 혀 밑에 고인 한 모금의 침을 간신히 삼켰다.

장이 의도하는 방향을 어렴풋이 짐작할 수 있을 것 같았다. 자신이 장에게 굴복하길 바라는 것이다. 물론 박용석도 그래야 이곳을 빠져나갈 수 있다는 걸 알고 있었다. 한편으로는 쉽게 굴복하면 장이 자신에 대한 처분을 쉽게 결정할 수도 있으리라는 생각도 들었다. 때문에 일정한 거리를 유지할 필요가 있었다. 박용석이 장을 불렀다.

수화기 저편에서 아무 반응이 없자 박용석은 초조해졌다. 수화기를 내려놓았는지 알 수 없었다. 박용석은 수화기를 얼굴에서 한 뼘쯤 떨어뜨렸다.

"내가 시나리오를 완성하면 당신은 이렇게 말하는 건가요."

박용석의 말이 점점 빨라지더니 나중에는 목소리 끝이 갈라져서 신경질적으로 들리기까지 했다.

"이제 당신의 시나리오는 세상에 존재하지 않아. 다만 당신의 아이디어를 조금 빌린 시나리오를 내가 발표하겠지. 세상에…… 표절이라니? 하지만 걱정할 것 없어. 역사 이래 새로운 것은 없으니까. 내가 좀 차용했다고 누구도 알지 못할 거야. 설사 알아도 상관없어. 발표되지 않은 작품은 존재하지 않는 것과 같으니까. 마지막으로 할 말이 있다면, 그 말은 아껴 두었다가 지옥에서 써먹길 바랄게. 그리고 30촉 라이트를 끄면서 컷오프 하겠군요."

그는 숨을 가다듬고 자신이 뱉어낸 말들을 되새김질했다. 그러자 발끝부터 서서히 서늘해지면서 온몸이 떨리기 시작했다. 얼마 지나지 않아 이빨이 다닥다닥 부딪쳤다. 수화기 속에는 거 봐, 네가 써도 별다른 건 없는 거지, 라는 듯이 무거운 침묵이 흘렀다.

그는 부들부들 떨면서 덮었던 노트를 펼치고 가까스로 펜을 들었다. 그리고 손가락에 힘을 주고 일곱 번째 신의 첫 문장을 천천히 또박또박 써 나갔다.

#7 미라처럼 말라 가면서도 박용석은 시나리오를 쓰지 않는다.

*

장이 비틀거리며 입구로 향했다. 장의 옷깃에 말려 술잔이 바닥에 떨어지면서 산산조각 났다. 갑자기 술자리 분위기가 서늘하게 식었다. 영화계에서 일하는 선후배들의 술자리였다. 장은 예기치 않은 행동으로 좌중의 들뜬 분위기를 깨기 일쑤였다. 자각몽을 꾸기 시작한 다음부터였다. 꿈속에서 누군가가 고개도 돌릴 수 없는 좁은 틈에 갇혀 있었다. 그리고 사지가 천천히 마비되는 누군가를 한 발짝 밖에서 지켜보는 시선이 있었다. 어느 날은 벽 속에 갇혔다가 어느 날은 한 발짝 밖에서 바라보는 시선이기도 했다. 꿈속에서 그는 어느 쪽이 되더라도 갑갑하고 고통스러웠다.

오래전에는 허리까지 차는 흙탕물에 빠지는 꿈을 자주 꾸었다. 깊이를 가늠할 수 없는 흙탕물 속에서 거대한 움직임이 그의 몸을 스치고 지나갔다. 미끌미끌한 감촉에 진저리 쳤지만 피할 곳이 없었다. 멀리서 흙탕물을 가르는 파동이 밀려오면 다리가 후들거려 중심을 잡기도 힘들었다. 꿈속이지만 참기 힘든 미션이었다. 잠이 깨서도 멀리서 밀려오는 파동이 기억나면 식은땀이 흘렀다.

장은 그 꿈이 오이디푸스콤플렉스의 반영이라고 해석하게 되었다. 꿈은 장이 머물고 싶은 자궁이었고, 흙탕물은 양수, 장은 태아였다. 미끄덩한 생명체는 말할 것도 없이 남근이었다. 그렇다면 그 미끄덩한 남근은 누구 것이기에 그토록 소름이 끼쳤을까. 자연히 모계중심의 복잡한 계보로 그려지는 상속 관계가 떠올랐다.

장은 꿈을 해석한 이후로 흙탕물에 빠지는 악몽을 꾸지 않았다. 하지만 이번 꿈은 달랐다. 해석과 자각만으로 해결되지 않았다. 여섯 번째 신에서 멈춘 시나리오 때문이란 걸 장은 이미 알고 있었다.

장은 다섯 편의 시나리오를 완성했다. 그사이 십 년의 세월이 지났다. 하지만 장의 작품은 모두 제작자의 책상 구석에 쌓여 있는 여느 작품처럼 빛을 보지 못했다. 간혹 제작팀 막내가 끓여 먹는 라면 냄비의 받침으로 쓰이는 정도였다.

그렇다고 작품에 소홀했던 건 아니다. 매번 진이 빠져서 들춰 보기도 싫을 지경에야 영화사에 보냈고, 그런 장의 사정을 배려했는지 제작자는 들춰 보지도 않고 책상 구석에 처박았다. 그러나 제작자의 탓만은 아니었다. 세련된 추리와 반전이라는 극적 요소가 부족하다는 것이 주변 사람들의 평이었다. 다섯 편 중 처음 세 편은 미스터리였는데, 지나치게 꼬여 있는 구성이 문제였다. 네 번째 시나리오는 투견 조련사 이야기인데 어디선가 들어 본 것 같았다. 심혈을 기울여 쓴 멜로드라마는 시류에 뒤떨어졌다. 돌이켜 보면 장에게 쓰는 일은 허망한 의욕이 깨어지는 득도의 과정이었다.

*

장은 야전침대에 몸을 뉘었다. 벌써 며칠째 그랬듯

이 사라진 다이어리의 행방을 처음부터 되짚어갔다. 작업실에 없다면 골목밖에 없다. 장이 다이어리를 떨어뜨린 골목을 지나간 사람은 기껏해야 다운타운에서 밀린 아이들뿐이다. 그들에게 필요한 건 본드와 술을 사기 위한 몇 장의 지폐일 뿐, 유행이 지난 낡은 다이어리가 아니었다. 장은 다이어리를 가져오는 아이에게 본드를 살 수 있는 돈을 넉넉하게 주겠다고 말했지만 다이어리는 돌아오지 않았다.

장은 벌떡 일어서 계단 쪽으로 걸어가 벽을 두드렸다. 아무런 반응이 없었다. 두껍게 쌓은 벽 너머에는 박용석이 책상에 머리를 박고 미라처럼 말라 가고 있을 것이다.

장은 징크스와 전조라는 말을 신뢰하지 않는 사람이다. 하지만 자신을 감싸고 있는 불길한 불안의 근거를 달리 표현할 수 없었다. 생각을 다잡아야 했다. 그러나 애초에 미라처럼 말라 가면서도 시나리오를 쓰지 않는 주인공은 염두에 두지 않았던 것이 문제인지 아니면 다이어리를 잃어버린 것이 문제인지 알 수 없었다. 장의 불안한 마음이 인도하는 곳으로 간다면 이야기는 의도와는 전혀 다른 방향으로 전개될 것이다. C

지구의 어느 골목에서 쟝의 다이어리가 발견되면서 시작되는 이야기 말이다.

쟝이 꼼꼼하게 메모한 실종자 박용석에 관한 수첩이 발견된다. 수사관들이 지하실 철문을 두드릴 때, 쟝은 오크 향 진한 럼주를 마시고 있다. 책상에 미완인 여섯 번째 시나리오를 펼쳐 놓은 채. 수사관들은 계단참 밑에 단단하게 쌓은 벽을 힘겹게 부숴 나간다. 그리고 마침내 육포처럼 말라 버린 박용석을 발견한다. 쟝은 수사관에게 럼주를 한 잔 따라 주며 말한다. 흘러가지도 않고 흘러들어 오지도 않는 C지구처럼 이야기가 지독하게 꼬여 버렸다고.

이야기가 그렇게 흘러가도록 두고 볼 수만은 없었다. 쟝은 여섯 번째 신에서 멈춘 시나리오를 다시 구상하기 시작했다.

어느 날 박용석은 초췌한 모습으로 오피스텔 문을 연다. 우편함에도 문틈에도 납기가 지난 고지서 한 장 보이지 않는다. 우편물을 신문 배달부가 매일매일 정리했기 때문이다. 자동응답기에는 몇 통의 음성녹음이 있다. 당장 연락하지 않으면 새로운 파트타이머를 구하겠다는 편의점 주인의 짜증 섞인 목소리와 몇몇 영화 관계자들의 안부전화가 전부이다.

오피스텔의 관리인이 박용석 실종 사건은 단순한 해프닝에 지나지 않는다고 진술한다. 그와 친분이 있는 영화사의 제작부장은 박용석이 해외여행이라도 갔다 온 거냐고 도리어 카메라에 대고 물어본다.

돌아온 박용석의 일상에는 아무런 변화가 없다. 그는 다시 별 볼 일 없는 신인작가로 돌아간 것이다. 시간이 흐른 뒤에는 그의 실종이 실제로 있었던 사건인지 혹은 시나리오 속의 이야기인지조차 사람들은 기억하지 못한다. (장은 이 지점에서 고민에 빠졌다. 박용석이 벽 속에서 벌어진 일들을 폭로하지 않을 정도의 담보가 무엇일까. 손가락 두 개쯤이면 박용석이 평생 입을 다물고 살아갈까. 아니면 엄지손가락을 한 개씩 장과 서로 교환한다면 어떨까. 어쨌건.)

돌아온 박용석은 아무 일도 없었다는 듯이 살아간다. 그가 살아난 이유도, 비밀을 담보로 무엇을 제공했는지도 언급할 필요가 없다. 그 정도에서 이야기가 마무리되어야 모두를 위해서 좋은 일이다. 이야기의 메시지가 필요한가. 모든 것이 잊혀도 박용석이 삶의 한 고개를 어렵게 넘었다는 사실만은 기억하는 정도면 어떨까.

박용석이 인터폰을 하지 않았더라면 이야기는 그렇게 끝났을지 모른다.

*

어둠과 두꺼운 벽을 사이에 두고 장과 박용석이 인터폰을 들고 있다.

박용석은 허리조차 펴기 힘든 좁은 계단참 밑에 갇혀 있지만, 어두운 지하실에 갇혀 있기는 장도 마찬가지였다. 그들이 유일하게 소통할 수 있는 방법은 가느다란 전화선뿐. 서로의 불안의 깊이를 가늠하듯 무거운 침묵이 흘렀다. 한참의 시간이 지난 후에 장이 물었다.

"새로운 아이디어라도 떠올랐나?"

장의 목소리는 더없이 차분했다. 박용석에게 벽을 허물 수 있는 대단한 아이디어는 없었다. 하지만 장을 설득할 수 있을 것 같아 인터폰을 든 것이다. 그런데 지나치게 차분한 장의 목소리에 박용석은 차츰 불안해졌다. 그리고 예기치 않은 말이 쏟아졌다.

"도둑질한 시나리오를 발표하겠다는 말인가요?"

"도둑질이란 말은 가진 자들이 쓰는 통치 이데올로기지. 가난한 신인작가에게 어울리는 단어가 아니야. 많이 가졌다는 건 많이 훔쳤다는 말이잖아. 어차피 내 것이 아니야. 지식이건 재화건 말이야. 당신도 알잖아. 역사 이래 새로운 건 없다고."

눅눅한 한기가 옷 속으로 스며들어 박용석은 양손으로 어깨를 감쌌다. 자신이 떨고 있는 건 한기 때문이지 불안한 탓이 아니라고 마음을 다잡았다. 한편으로는 자신이 떨고 있다는 걸 쟝이 눈치채서는 안 된다고 생각했다. 그는 이를 악물었다. 하지만 말하기 위해 입을 뗄 때마다 이빨이 다닥다닥 부딪혔다.

"어떤 말로도 변명이 안 돼요. 벽을 허물고 내보내줘요."

"당신이 돌아가면 여태까지 있었던 일은 어떻게 되는 걸까. 당신이 비밀을 지킬 수 있는 적당한 크기의 담보가 필요하지 않을까. 난 아직 그걸 발견하지 못했거든. 그래서 벽을 허물 수가 없는 거지."

박용석은 자연히 수첩에 대해 생각했다. 목숨을 담보로 할 수 있는 담보물인지 혹은 여태껏 목숨을 부지

시켰던 보루인지 판단하기 어려웠다. 어쨌건 박용석이 수첩을 가지고 있다는 사실을 모르는 건 확실했다.

"그리고 말해 둘 게 있는데, 이 이야기에 당신의 아이디어는 없어. 당신은 이곳에서 시나리오를 쓰고, 나는 시나리오를 쓰고 있는 당신을 쓰는 것일 뿐이지. 그게 내가 바라는 영감일는지 모르지."

"그렇다면 왜 나를 가둔 거죠? 누구라도 가둔 채 쓰게 하면 되는 거 아닙니까."

"당신이 그 누구일 수도 있잖아."

"처음에는 가둘 생각이 아니었잖아요."

"처음이라니?"

박용석은 장이 말해 주길 바랐다. 처음부터 당신은 가둘 생각은 아니었다고, 모든 일이 잘못되지 않았으니 안심하라고. 그런데 침묵이 너무 길었다.

"비극은 불안과 초조를 먹고 자라는 기생식물이 아닐까. 주인공이 불안할수록 이야기는 점점 비극적으로 흘러가기 마련이잖아."

다시 침묵이 흘렀다. 박용석은 귀를 벽에 바짝 붙였다. 두꺼운 벽 너머에서는 정체를 알 수 없는 미묘한 진동이 한기와 함께 스며들었다. 이빨이 더 심하게 부딪혔다. 그러자 한기의 날카로운 날이 난삽하게 엮여 있던 생각을 가지 쳤다. 장이 수첩을 찾는다면 완벽한 알리바이를 갖는 것이다. 반면 다이어리를 찾지 못하면 그를 해칠 수도 없고, 그가 죽어 가도록 그대로 놔두지도 못할 것이다. 수첩은 장이 그를 납치한 결정적인 증거였다. 때문에 그의 신변에 문제가 생긴다면 장이 용의자가 될 것이다. 장의 불안도 바로 그 지점에서 꿈틀거리는 것이다. 장이 수첩을 찾지 못하는 이상 그는 언젠가는 벽 밖으로 나가게 될 것이다. 박용석이 절실하게 찾는 것은 탈출구이고, 그 열쇠는 장밖에 없지만 장이 찾고 있는 수첩은 박용석이 가지고 있다. 박용석은 자신의 손에 든 패가 아주 불리하지는 않은 것 같았다. 그는 다이어리가 든 주머니를 움켜쥐었다.

박용석은 벽에서 빰을 떼고 등받이 깊숙이 허리를 파묻었다. 오래 묵은 피로가 몰려왔다. 결국 언젠가는 시간이 그를 어두운 계단참 밑에서 끄집어내 줄 거라는 확신이 들었다. 그는 눈을 감고 수화기를 내려놓으려 했다. 그런데 수화기 저쪽에서 장의 목소리가 들렸다.

"그런데 말이야."

박용석은 눈을 감은 채 수화기를 귀에 가져갔다.

"혹시 내게 하고 싶은 말이 없나? 아주 사소한 것일 수도 있는데, 일테면 검은색 다이어리 같은 거 말이지."

*

자정 무렵이면 폐허가 된 건물 속에 숨어 있던 가성소다 냄새가 천천히 흘러나온다. C지구를 떠나지 못하는 죽은 자의 영혼처럼 매캐한 냄새는 골목골목을 배회한다. 간혹 길고양이의 울음소리에 섞여 비명이 들릴 수 있다. 그러나 걱정하지 마라. 언젠가는 C지구와 함께 철거되어 없어질 것들이다. 처녀를 빼앗긴 소녀의 핏빛 비명 또한 마찬가지다.

멀리서 휘파람을 불며 걸어오는 장이 보인다. 마스크를 하고 야구 모자를 눌러쓴 모습이 조금 위협적으로 보일 수도 있다. 장은 주머니에 손을 넣는다. 주머니에 누군가를 위협할 은회색 피스톨 같은 무기는 없다. 그러니 불안할 것 없다. 불안은 늘 비극적인 결론으로 인도하는 법이다.

주머니 속에는 구릿빛 열쇠가 있을 뿐이다. 장은 열쇠를 만지작거리며 불안의 무게를 가늠해 본다. C지구의 골목골목을 배회하는 스모그처럼 무겁지도 그렇다고 가볍지도 않은 무게다.

장이 편의점 문을 열고 들어간다. 모자를 벗어 뒤따라온 냄새들을 툴툴 털어낸다. 편의점 주인이 반색하며 장을 맞는다. 그리고 푸념 섞인 당부를 잊지 않는다. 말없이 그만둔 파트타이머가 벌써 몇 명인지 모른다고. 장은 건성으로 들으면서 출입문에 붙은 벽보를 떼어 낸다. 벽보는 며칠 전부터 연락도 없이 나오지 않는 점원들처럼 아무 저항 없이 간단하게 떨어진다.

주인이 나가자 장은 카운터에 앉아 CCTV를 되돌린다. 얼마나 긴 시간을 더듬어야 다이어리를 만지작거리고 있는 박용석의 모습이 나올는지 알지 못한다. 장은 되감기 버튼을 멈춘다. 시간은 어느 날 밤 C지구 골목에서 멈춘다. 장은 손가락으로 카메라 앵글을 만든다. 그리고 시간이 멈춘 모니터와 같은 각도로 앵글을 움직인다. 매일 새벽 갓 스물을 넘긴 점원이 보았을 C지구의 골목과 같은 앵글이다. 점원의 앵글에서 바라보는 C지구는 어둠뿐이다. 하지만 깊이 자세히 들여다보면 골목을 헤매고 있는 박용석의 모습과 장의 작업실 문을 두드리는 갓 스물을 넘긴 점원의 뒷모습이 보일 것이다. 그리고 세상에 알려지지 않은 무수한 사연의 흔적이 보일 것이다. 하지만 한 발 떨어져서 보면 언젠가는 허물어져 사라질 것들이다.

이야기가 점원의 앵글에서 끝나는 건 장이 점원의 불안한 마음을 읽었기 때문이다. 어쩌면 그보다 깊은 장의 불안 때문일지도 모른다. 불안은 비극의 전조가 되는 법이다. 장은 너무 멀리 온 것이 아닌가 생각한다. 어둠 속에서 가로등을 지표 삼아 걷는 듯 아득하다. 이제 다 왔다고 생각했는데 저 멀리서 다른 가로등이 어서 오라고 손짓을 하고 있었다. 어디까지 가야 끝나는 길인지 장도 알 수 없었다.

장이 되감기 버튼을 누른다. 어디서부터 지워야 할는지 모를 시간들이 서서히 되돌아간다.

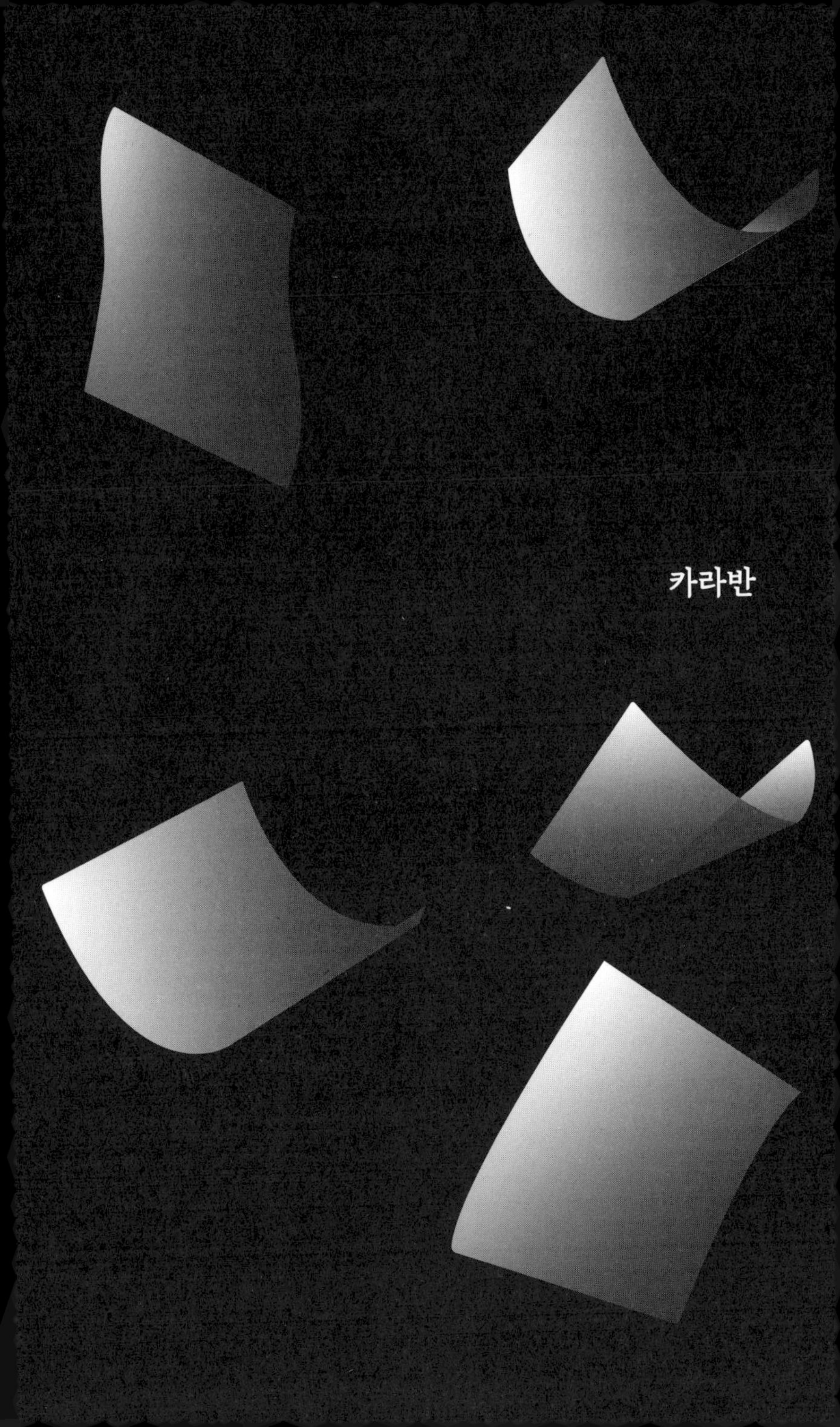
카라반

미란은 봄부터 휴양림으로 바캉스를 떠날 계획을 세웠다. 작년에도 재작년에도 휴양림에서 바캉스를 보냈다. 예약 시간 전부터 휴양림 사이트에 접속해서 주저 없이 계획한 날짜를 클릭했다.

미란은 친구들에게 4인용 카라반에 당첨됐다고 전화했다. 하지만 친구들은 각자의 사정 때문에 올해는 어렵겠다고 대답했다. 미란은 예약을 취소할까 말까 고민했다. 본격적인 바캉스 시즌을 앞둔 7월 초의 일이다.

*

그녀는 저녁을 준비하다 미란의 전화를 받았다. 스피커폰으로 전화를 받던 그녀는 끓고 있는 찌개 냄비의 불을 줄이고 앞치마에 손을 닦았다. 그리고 식탁에 앉았다.

미란의 말을 들으며 그녀는 신비로운 처녀림을 연상했다. 문명이 닿지 않은 깊은 골짜기의 침엽수림과 카라반이라는 편리가 어우러진 곳. 낮에는 삼림욕과 물놀이를, 밤에는 바비큐 파티를 즐길 수 있는 곳.

그리고 잠들기 전에 따뜻한 물로 샤워할 수 있는 곳이었다.

미란은 전기세 걱정 없이 에어컨을 '빵빵'하게 틀어 놓고 종일 티브이를 봤다며, 바캉스다운 바캉스를 즐길 수 있는 카라반 여행을 권했다.

그녀는 전기세 걱정 없이 에어컨을 '빵빵'하게 틀었다는 미란의 너스레에 웃음을 터트렸다. 미란은 은행에서 오래 일했고, 연봉 수준은 그녀의 남편보다 훨씬 높았다. 커리어우먼답지 않은 그녀의 궁색한 체가 밉지 않았다. 어쨌건 낮에는 에어컨 '빵빵'한 카라반에서 더위를 피하고 해가 지면 바비큐를 즐기는 피서도 나쁘지 않았다.

중학생 아들은 야영만 아니면 괜찮다고 했다. 아들은 숲에 사는 조그만 날벌레만 봐도 기겁했다. 그녀는 아들을 너무 예민하게 키운 건 아닌지 의심하곤 했다. 그러면서도 도시의 여느 아이들보다 유별나지 않다고 위안했다.

남편은 별다른 휴가 계획이 없던 차에 잘된 일이라고 반겼다. 휴양림이라면 북적거리는 해수욕장이나 워터파크에 비하면 한적하고 편안한 피서지 아닌가.

더구나 사전 준비 없이 떠나면 된다. 매력적인 제안이었다. 남편은 어느새 여름휴가를 위해 인터넷을 뒤지고 숙소 예약 때문에 사방으로 전화하는 일이 번거롭고 귀찮은 중년의 나이에 들어선 것이다.

그들은 삼박 사일의 여름휴가를 카라반이 있는 휴양림으로 떠나기로 했다.

휴가철인 7월 말은 가뭄의 절정이었다.

승용차가 비포장도로에 접어들자 먼지가 뿌옇게 날렸다. 계곡 물은 무릎에 미칠까 말까 했다. 그녀의 아들은 잔뜩 말라 날벌레가 극성인 계곡을 보고 실망했다. 사춘기를 지나고 있는 아들은 물놀이를 못 해도 실망해서는 안 된다고 생각했고, 금방 무관심한 표정을 지었다. 아들에게 중학생답다는 것은 무관심과 무표정이었다.

남편은 계곡에는 관심이 없었다. 다만 주차 공간이 부족하다고 짜증 냈다. 계곡 주변으로 야영객의 텐트가 빽빽했고, 비포장도로는 주차된 차들로 비집고 들어갈 자리가 없었다. 누가 봐도 그녀가 바랐던 처녀림 같은 휴양지는 아니었다. 그녀는 넉넉하게 생각하기로 했다. 그래도 카라반이 있으니까.

역시나 실망했던 마음은 카라반을 보고 누그러졌다. 카라반은 휴양림의 계곡을 두루 바라볼 수 있는 축대 위에 놓여 있었다. 카라반에 어깨를 얹은 넓은 테라스 위에는 은빛 차양이 출렁거렸다. 차양이 만든 그늘 밑으로 큼지막한 바비큐 그릴이 보였다. 그녀는 테라스와 은빛으로 출렁거리는 차양이 눈에 익어서 조금 놀랐다. 오래전부터 동경하던 자연과 어울린 앞마당의 풍경이었다. 그러나 평범한 도시의 부부의 삶은 그런 풍경을 오래 담아 두지 못하게 했다.

아주 오래된 일이야. 그녀가 혼잣말을 했지만 남편은 알아듣지 못했다.

아니, 올해 처음 들여온 카라반이 확실하다고.

남편의 말처럼 서너 평 남짓한 카라반은 욕실과 싱크대, 더블베드와 이층침대를 갖춘 올해 들여온 새로운 모델이었다.

남편은 카라반의 군더더기 없는 구도가 마음에 들었다. 무엇보다 적당한 눈높이에 걸린 벽걸이 티브이가 그랬다. 위성안테나가 달려 있어서 서울의 그들 집과 똑같은 채널을 볼 수 있었다.

아들은 이층침대에 마음이 끌렸다. 형제가 없는 아들은 오래전부터 이층침대를 갖고 싶었다.

그러니까 그들은 각자의 이유로 카라반이 마음에 들었다.

휴양림관리사무소 직원은 매너가 좋은 패밀리레스토랑 지배인처럼 차분한 목소리로 휴양림 이용 방법을 설명했다. 그동안 남편은 소파에 기대어 리모컨으로 여러 채널을 돌려 보았고, 아들은 이층침대에서 무관심한 표정으로 카라반 사용설명서를 읽었다.

관리사무소 직원이 에어컨을 가동하자 카라반 내부는 금방 시원해졌다. 화장실 샤워기에서는 뜨거운 물이 쏟아졌고, 냉장고가 가동되었다. 미란의 말처럼 카라반은 쾌적하면서도 콘도나 펜션과 다른 아기자기한 맛이 있었다.

해가 지자 남편은 바비큐 그릴에 숯불을 피웠다. 산책로를 좌우로 두고 카라반 곳곳에서 연기가 피어올랐다. 맞은편 카라반 앞에는 초등학생 아이와 아이의 아빠가 가로등을 조명 삼아 배드민턴을 쳤다. 그들은 테라스에 나온 그녀와 아들에게 가볍게 손을 흔들었다. 얼굴 윤곽이 자세히 보이지 않을 정도의 적당한 거리였다. 아들은 무심한 척 시선을 피했지만 그녀는 고개를 살짝 숙여 답례했다. 적당한 거리를 두고 카라반을 배치한 것은 휴양림관리사무소의 배려였다. 카라반이 떨어진 정도는 도시인들에게 적당한 거리였다.

그녀는 행복이란 적당한 거리를 두고 보는 거라고 생각했다. 그녀는 남편에게 맞은편의 부자가 행복해 보인다고 말했다.

노년에 카라반을 몰고 두루 여행 다니는 삶도 괜찮겠어.

남편은 달려드는 연기를 피하면서 실없는 말을 던졌다. 남편은 만약 여윳돈이 생기더라도 카라반을 사는 무모한 짓을 할 생각은 없었다. 카라반은 시간이 지나면 가치가 떨어지는 여느 유형자산과 다를 게 없었다.

그녀는 남편의 허세가 싫지 않았다. 미란의 말처럼 그들이 불을 끄고 눕기 전까지는 번잡하지 않고 편안한 바캉스였다.

남편은 에어컨을 강하게 틀고 소파에서 잠들었다. 남편은 열이 많은 체질이었다. 더구나 저녁을 곁들여 소주 두 병을 마셨다. 천장에 붙박이 에어컨은 성능이 좋았다. 성능이 좋은 만큼 팬이 돌아가며 내는 소리와 진동도 요란했다. 가장 낮은 단계로 켜놔도 서너 평 남짓한 카라반은 금방 서늘해졌다. 그녀가 누운 침대 매트리스까지 진동이 그대로 전해졌다. 베개로 귀를 막았지만 진동은 어쩔 수 없었다.

그녀는 남편이 깊이 잠들자 에어컨을 끄고 창문을 열었다. 창으로 들어오는 산바람이 선선했다. 바람을 타고 고기 굽는 냄새와 북적거리는 소리가 스며들었지만 참을 만했다. 피서지에서 이 정도의 불편은 서로 감수해야 한다며 잠을 청했다. 얕은 잠에 빠졌던 아들은 시끄럽고 냄새가 난다며 짜증을 냈다.

창문을 닫자 그들이 뿜어내는 열기가 금방 밀폐된 카라반을 데웠다. 무더위의 절정이었다. 남편이 벌떡 일어나서 에어컨을 켰다.

그녀는 에어컨의 진동을 의식하지 않으려 숨을 가다듬었다. 하지만 가슴이 갑갑해서 잠들 수 없었다. 그녀는 아들이 잠들자 에어컨을 끄고 창문을 열었다. 그러다가 아들이 깨어나면 창문을 닫았다. 그리고 남편이 깨기 전까지 에어컨을 켜지 않고 버텼다. 남편이 잠에서 깨면 그녀는 다시 에어컨을 켰다. 그렇게 그녀는 새벽까지 천장에 매달린 에어컨을 껐다 켜기를 반복했다. 새벽녘에야 그녀는 잠깐 눈을 붙였는데, 코끝으로 휘발성 강한 기체가 날아가는 것 같아 눈을 떴다. 그것이 무엇일까. 갱년기 증상 같은 육체적 변화일까. 미묘한 자각일까. 그녀는 그런 생각을 하다가 날이 밝도록 잠들지 못했다.

관리사무소 직원은 여러 모드로 에어컨을 작동해 보더니 모든 기능이 정상이라며 아들과 남편에게 작동레버를 돌려 보게 했다. 세련되면서도 긴장을 풀지 않는 태도였다. 남편은 휴가철에 근무하는 직원의 고단함을 이해한다는 듯 직원의 설명에 연신 고개를 끄덕였다. 남편은 교양 있는 도시인답게 보이고 싶었다. 아들은 이층침대에서 스마트폰을 만지작거렸다. 그녀는 에어컨의 진동이 너무 강하다고 말했다. 직원은 카라반의 모든 기능은 정상적으로 가동된다고 했다. 그녀는 반박할 수 없었다. 어떤 편리를 위해서 감수해야 하는 다른 불편이 있다는 걸 물론 그녀도 알고 있었다.

그들 가족이 휴양림에 도착한 둘째 날 밤이 왔다.

그녀는 남편에게 잠을 못 이룰 것 같으니 산책하자

고 했다. 그들 부부는 손을 잡고 오래도록 휴양림 부근을 산책했다. 그녀는 이 정도면 행복한 삶이라고 생각했다.

밤이 깊어서 그들 부부는 카라반으로 돌아왔다. 남편은 에어컨을 켠 채 깊게 잠이 들었다. 그녀는 에어컨을 껐다가 켜기를 반복했는데 예의 그 무언가 빠져나가는 느낌 때문에 잠을 잘 수 없었다.

*

더위 먹은 게 아닐까.

남편은 그녀에게 조금 이른 갱년기가 찾아온 거라고 생각했지만 내색하지 않았다. 휴가가 끝나고 집에 돌아왔는데도 여전히 불볕더위였다. 그녀는 새벽녘까지 소파에 앉아서 잠을 이루지 못했다.

그녀에게 갱년기가 시작되었다는 징조는 없었다. 다만 그녀는 에어컨 바람을 맞으면 카라반의 진동이 떠올랐고, 갑갑해서 견뎌내질 못할 뿐이었다. 어쩌면 남편의 말처럼 휴가 기간에 더위를 먹은 탓일지도 몰랐다.

그녀는 머리를 짧게 커트하면 신선한 기분이 들 것 같아 미용실을 찾았다. 지은 지 십오 년이 넘은 아파트와 역사를 같이하는 미용실이었다. 그래서인지 늘 단골손님으로 북적였다. 그녀는 에어컨 바람을 피해서 자리를 잡았다. 바람이 어느 방향에서 불어오는지 안 보고 짐작할 수 있었다. 그녀는 바람이 가까이 불어오면 숨을 가다듬었다. 참으니까 참을 만했다.

밤새 잠을 설친 그녀는 꾸벅꾸벅 졸다가 미용사가 불러서 번쩍 눈을 떴다. 그사이 순서를 기다리는 사람이 더 늘었다. 의자에 앉자 미용사가 그녀의 목에 타월을 둘렀다. 타월이 점점 수축하여 목을 조이는 것 같아 그녀는 숨을 깊게 들이쉬었다. 입에 고인 침을 삼키는데 제대로 넘어가지 않고 목에 걸렸다. 그녀는 자리에서 벌떡 일어섰다. 가위를 들고 있던 미용사가 깜짝 놀랐다. 그녀는 급한 볼일을 잊은 사람처럼 미용사에게 미안하다 말하고 뛰쳐나갔다. 등 뒤에서 들리는 웅성거리는 소리가 귓가에 맴돌았다.

*

대부분의 전업주부들이 직장을 갖는 계기가 그렇듯 그녀도 교육비에 보탤 생각으로 일을 시작했다.

남편은 세면기를 만드는 회사에 다녔다. 직급은 부장이지만 남편의 월급으로 아파트 대출이자를 내고 나면 생활하기에 빠듯했다. 아들이 중학교에 진학하면서 교육비를 감당하기 어려웠다. 그녀는 새로 오픈하는 대형마트의 캐셔로 취직했다. 나중에 알고 보니 경쟁률이 3대 1이 넘었다. 남편은 그녀가 운이 좋은 편이라고 했는데, 그녀는 운이 좋은 건지 아닌지 알 수 없었다. 아들은 중학생답게 그녀의 취업에 무관심했다.

그녀는 휴가가 끝나고 마트로 출근했다. 카라반과 코끝으로 빠져나간 기체를 얼마간 잊을 수 있었다. 몇 가지 사소한 실수는 있었다. 바코드를 찍지 않은 화장품세트를 계산대에 통과시켰다가 경적이 울려서 깜짝 놀랐다거나 동료의 유니폼에 핸드폰을 넣어 둔 채 다음 날에야 찾는 부류의 캐셔라면 누구나 한 번쯤 할 수 있는 사소한 실수였다. 그녀는 여름휴가 전의 일상으로 돌아가는 듯했다. 그녀가 휴양림 사이트에 접속하기 전까지는.

그녀는 휴양림 사이트에 접속했고 카라반 예약을 취소하면 위약금을 부담한다는 사실을 알게 되었다. 그들 가족이 카라반을 이용한 덕에 동생이 위약금을 내지 않은 셈이다. 그녀는 동생이 전화한 날짜를 세어 보고, 위약금을 계산해 보았다.

깍쟁이 같은 계집애.

그녀는 희미한 미소를 지었다. 문득 휴가를 다녀와서 동생에게 아직 전화를 걸지 않았다는 사실을 깨달았다. 하지만 캐셔라면 누구나 할 수 있는 실수처럼 그저 사소한 망각 정도로 여겼다.

며칠이 지나도 그녀는 동생에게 전화를 걸지 않았고, 이제는 에어컨을 틀지 않아도 밤마다 잠을 이루지 못했다. 그녀는 종종 휴양림 사이트에 접속했고, 그사이에 몰라보게 야위었다.

남편은 결혼하면서 일손을 놓았던 그녀가 캐셔라는 생소한 일을 시작하면서 겪는 일종의 홍역이라 여겼다. 남편은 그녀에게 일을 쉬는 편이 어떻겠냐고 권했으나, 그녀는 몸을 움직이는 편이 훨씬 수월하다고 말했다. 실제로 그녀는 쉬는 날이면 가슴이 답답해서 바지런하게 밀린 집안일을 해댔다. 그러나 답답함과 불안감은 좀처럼 수그러들지 않았다.

남편은 건강상의 문제일 거라며 종합검진을 받아보라고 했다. 그녀는 정말 '건강상의 문제'일지 모른다고 생각했다. 그러고 보니 종종 가슴이 뛰고 어지럼증이 일었던 것 같았다.

남편은 일과 중에 문자로 그녀의 안부를 물었다. 그녀는 쉬는 시간이나 교대시간에 답장을 했는데 별다른 변화가 없다는 답변이 대부분이었다. 그녀는 문자가 도착할수록 남편의 진의를 의심하게 되었다. 자신을 걱정하는 것이 아니라 자신의 상태를 점검하는 문자처럼 보였다. 남편의 문자에 답장하는 시간이 점점 길어졌다.

*

미란은 그녀에게 여러 번 전화를 걸었다.

대부분 그녀가 근무하는 일과 중에 걸려 왔다. 그녀는 부재중 통화를 확인했지만 문자를 보내지도 전화를 걸지도 않았다. 일과가 끝난 후에 걸려 오거나 휴일에 걸려 온 전화도 받지 않았다. 미란의 전화를 받지 않는 이유도 생각하지 않으려 했다. 용기가 없었다. 무언가 머릿속에서 정리되지 않는 것들이 있었는데, 그것을 펼쳐 놓으면 예상하지 못한 지도가 그려질 것 같았다.

아들이 수화기를 내밀었을 때, 그녀는 양파를 손질하고 있었다. 그녀는 아들에게 미란의 전화를 피하는 것처럼 보이고 싶지 않았다. 손끝에 수화기가 닿지 않게 조심해서 어깨에 얹었다. 그리고 목을 옆으로 숙였다. 마트에서 산 양파는 매운 기가 독했다. 양파의 매운 냄새가 코끝을 찔렀고, 눈물이 주르르 흘렀다.

그녀는 마트에서 일하기 전까지 유기 농산물만 구입했다. 그녀는 오래전부터 생활협동조합의 회원이었다. 생활협동조합은 유기 농산물 생산자를 지원하기 위해 그들이 생산한 농산물을 공동구매하는 소비자 모임이었다. 그녀는 그 모임의 창립멤버였다. 하지만 마트에 취직한 이후 활동을 거의 못 했다. 그러다가 매주 날짜를 맞춰 물품을 주문하고, 배달된 물건을 정시에 받는 일조차 번거롭게 여겨졌다. 아직 생활협동조합의 조합원이긴 했지만 대부분의 농산물을 생산지가 불분명

한 마트의 세일 품목으로 대체했다.

왜 이렇게 연락이 안 되는 거야. 무슨 일 있었어?

그럴 줄 알았다. 미란은 그녀가 전화를 피한다고 생각지 않은 것이다. 혹은 피하더라도 그 이유를 알고 싶지 않은 것인지 모른다. 그녀는 미란의 질문을 에둘러 피했다.

미란은 자신에게 생긴 소소한 일들에 대해 말하기 시작했는데, 그녀는 무언가를 쏟아낸다고 생각했다. 일테면 이런 이야기들이다. 미란의 오피스텔 앞을 지나던 마을버스 노선이 바뀌어 불편하다거나, 지난주에 허브농장에서 먹었던 파스타의 느끼한 소스에 관한 이야기 같은. 미란은 그런 일들을 아주 중요한 이야기처럼 말했고, 그럴 때마다 그녀는 동생의 이야기를 늘 재미있게 들어주는 편이었다. 그녀는 미란의 시시콜콜한 이야기를 들으면서 자신이 전화를 피한 이유에 대해 처음으로 진지하게 생각해 보았다.

그런데 나한테 왜 그랬니?

그렇게 말해 놓고 그녀는 깜짝 놀랐다. 하지만 말하고 보니 마음속에 떠다니던 부유물들을 걸러낸 것처럼 후련했다.

더 놀란 쪽은 미란이었다. 미란은 그녀가 무언가 설명해 주길 바랐다. 그녀의 내면에서 무슨 일이 벌어지고 있는지, 적어도 그런 말을 하게 된 이유가 무엇인지 정도라도. 그녀는 미란뿐 아니라 자신에게도 설명이 필요한 상황이란 사실을 알아챘다. 그랬다. 그녀에게 일어나고 있는 일이 무엇이건 그녀를 위해서도 다른 사람을 위해서도 설명이 필요했다. 한참의 침묵이 흐르고 미란이 전화를 끊을 때까지 그녀는 한마디도 하지 못했다.

*

남편은 미란의 동아리 선배였다. 소설과 시를 강독하고 합평하는 문학동아리였다. 그가 예비역으로 복학했을 때, 미란은 동아리의 신입생이었다. 그들은 서로 친해질 겨를이 없었다. 그는 얼마 후 졸업했고 그 길로 그들의 인연은 끝났다. 동아리는 90년대 후반으로 가면서 점점 술 마시는 모임으로 퇴보하다가 미란이 졸업할 즈음 흐지부지 해산했다.

그들이 다시 만난 건 문학강좌였다(물론 그들이란

미란과 남편만을 말하는 게 아니라 그녀까지 포함한 것이다). 당시 젊고 유망한 작가들이 문학 일반이론을 한 강의씩 맡아서 진행하는 강좌였다. 그즈음 그녀는 영양사로 근무하던 회사를 그만두고 새로운 직업에 대해 고민했다. 그렇다고 구체적인 계획을 세운 건 아니다. 쉬면서 미래에 대해 차분하게 생각하고 싶었다.

미란은 은행 공채시험에 응시하고 결과를 기다리고 있었다. 미란은 그녀에게 신문을 보여주며 강좌를 같이 듣자고 졸랐다. 형제가 없이 자매뿐인 그녀와 미란은 서로 의지가지가 되었으며 때로는 친한 친구처럼 지냈다. 그녀는 문학에 대한 열정이나 관심이 없었지만 미란을 따라 강좌에 접수했다.

그는 대학 졸업 후 대기업 공채에 여러 번 낙방한 직후였다. 그 때문에 별정직 공무원시험을 준비할까, 눈높이를 낮춰 중소기업의 문을 두드려야 할까 고민하고 있었다. 그때까지 진보적인 신문을 읽던 그는 예의 강좌 광고를 보았고, 열정적이었던 대학 시절을 떠올렸다. 물론 그는 문학에 대한 본격적인 고민을 하는 문청이 아니었다. 서른을 앞두고 있던 그는 막연하게 탈출구를 찾고 싶은 심정이었고 다소 지쳐 있었다. 그는 빈약한 주머니를 털어 강좌에 접수했다. 하지만 자신의 삶에 커다란 변화가 생기는 일 따위는 없으리라는 걸 알고 있었다.

그들은 서로 다른 이유로 강좌에 등록했고 그렇게 첫 강좌에서 만났다.

미란은 한눈에 그를 알아보았다. 그는 대학 새내기티를 훌훌 벗어 버린 미란을 처음에는 알아보지 못했다. 미란이 형이라고 부르며 손을 내밀자 그는 그제야 시간의 덮개를 하나씩 걷어내고 미란의 양손을 꼭 잡았다. 그녀는 미란의 서슴없는 호칭도, 살갑게 미란의 손을 잡는 그의 태도도 생소했다. 그녀는 여고와 여대를 졸업했고 여자 조리사들과 일했기 때문에 남자를 형이라고 불러 본 적이 없으며, 서슴없이 남자의 손을 부여잡은 적도 없었다.

강좌는 일주일에 한 번으로 수요일 저녁에 열렸다. 강좌가 끝나면 수강생들끼리 뒤풀이를 가졌지만 그들은 매번 따로 빠져나왔다. 그들은 인사동 일대 주점을 돌아다니며 술을 마셨다. 강의에 대한 이야기로 시작하지만 대화는 그녀가 모르는 이야기나 미란과 그도 기억이 가물거리는 동문들의 에피소드로 넘어가기 마련이었다. 종종 그가 다 같이 아는 얘기를 하자고 제동을 걸었다. 하지만 어느새 이야기는 그녀로서는 알아듣기 어렵거나 생소한 곳으로 향했다. 그녀는 말없이 그들의 시간과 기억이 만들어 낸 이야기를 한 토막씩 맞춰 나갔다. 하지만 두세 시간이 지나도 그녀에게 남은 이야기는 모서리를 몇 조각 맞춘 미완성된 퍼즐뿐이었다.

술자리는 으레 그녀가 막차 시간이 다 되었다 말해야 끝났다. 그러면 그와 미란은 또 다른 이야기의 조각들을 뿌리며 버스정류장까지 걸어갔다. 종종 그녀는 집 앞 버스정류장에 내린 미란의 취한 등을 두드렸고, 미란은 그때마다 다시는 술을 안 마시겠다고 다짐했다. 그러나 그다음 수요일이면 그들은 어김없이 인사동 어느 골목을 배회했다.

그녀가 조금씩 지쳐 갈 즈음 예정된 두 달 동안의 강좌가 끝났다. 그리고 그들은 다시 만날 기회가 없는 듯 보였다.

*

그는 아내에게 매일 문자메시지를 보냈지만 답장

을 기다리지 않았다. 금방이라도 이모티콘의 새가 전화기 속에서 뛰쳐나올 것 같은 활기찬 문자였는데, 회사에 드나드는 보험설계사가 매일 보내는 문자를 전달한 것이다.

그는 전화기의 바탕화면에 불이 꺼지자 미란에게 전화를 걸었다. 미란은 언니가 심리적으로 불안한 상태 같다며, 정신과 진료를 받아 보는 게 어떻겠냐고 했다. 그는 정신과 치료를 받으면 새로운 보험에 가입할 수 없다는 보험설계사의 말을 떠올렸다. 아내에게 정신과 치료 전력이 생기기 전에 저렴한 실비보험이라도 더 들어 놓아야 하나. 그는 보험설계사가 두고 간 리플릿을 건성건성 넘겨 보았다. 그는 미란의 말이 일리 있다고 생각했다.

미란은 오랜 뱅크맨 생활로 다져진 경제 감각을 갖춘 커리어우먼이었다.

그는 오래전 미란에게 투자를 권했는데 미란은 단칼에 가망 없다고 판단했다. 그가 미란에게 투자하라고 귀띔한 회사는 그의 회사와 경쟁사였다. 그는 경쟁사로 옮긴 그의 부하 직원이 전해 준 소스를 믿었다. 경쟁사는 중국 유수의 기업과 합자기업을 설립하기 위한 양해각서를 비밀리에 체결하였으며 조만간 설립 계획을 발표할 거라는 정보였다. 그는 미란의 말을 무시하고 그 회사 주식에 투자했다.

하지만 미란의 판단이 옳았다. 경쟁사는 머지않아 법정관리에 들어갔고, 중국 프로젝트는 루머라는 사실이 밝혀졌다. 자본이 잠식된 경쟁사의 주식은 휴지 조각이 되었다. 그는 아내 몰래 비축한 쌈짓돈과 미란에게 빌린 돈을 모두 날렸다.

그는 아내가 알면 큰일이 난다고 단단히 입조심을 시켰다. 미란은 경쟁사가 망했으니 당분간 정리해고 걱정은 안 해도 되겠다며 그를 위로했다. 그리고 미란은 지금까지 아내에게 그 사실을 모른 척했으며 빌린 돈을 달라고 조르지도 않았다. 그는 그런 미란을 신뢰했다.

그녀는 미란이 자신에게 카라반을 권한 이유가 뭘까 생각했다. 위약금 때문일까. 그깟 위약금 몇 푼 때문일까. 처음에는 위약금을 아끼려는 깍쟁이 같은 동생이 밉지 않았다. 오히려 덤벙덤벙 헤픈 남편보다 훨씬 믿음직스러웠다. 하지만 몇 푼 안 되는 위약금을 아끼려는 미란 때문에 카라반에 가게 되었고, 그 후로 자신이 조금씩 무너지고 있다는 생각을 저버릴 수 없었다.

그녀는 미란에게 전화했다. 허무맹랑한 방향으로 뻗어 가는 생각의 가지를 꺾고 싶었다.

우리에게 무슨 일이 생기고 있는 걸까.

그녀는 미란이 무슨 말이건 위로가 되는 말을 해 주길 바랐다.

언니 가족이 바캉스를 다녀온 기간에 날이 너무 더웠던 것뿐이야. 아무 일도 일어나지 않았어.

미란의 말이 맞을지도 모른다. 어쩌면 아무 일도 벌어지지 않은 것인지도 모른다. 자신이 힘든 것은 다만 무더위에 잠을 못 이룬 탓일지도 모른다.

조카랑 형부는 이번 바캉스에 만족하는 거 같던데. 언니가 힘에 부쳐서 그런 걸 거야. 병원에 한번 가 보는 게 어때?

미란은 신경정신과라고 말하고 싶었지만 에둘러서 병원이라고 말했다.

좀 지나면 나아지겠지.

그녀는 미란의 전화를 끊고 친정엄마에게 전화했다. 친정엄마는 고혈압 증상이 아닌지 진찰을 받아 보라고 했다. 친정엄마는 사십 대에 접어들면서 혈압약을 복용했다. 그녀는 얼마 전에 건강검진을 받았는데 혈압이 정상이었다고 말했다. 친정엄마는 한의원에 가 보는 게 어떻겠냐고 했다. 기력이 쇠하면 마음이 불안해질 수 있다는 말이었다. 그녀는 그러겠다고 말하고 전화를 끊었는데, 친정엄마에게 아무런 위안도 받지 못했다고 생각하자 약간 슬퍼졌다.

*

남편은 술에 취하면 그들 부부가 순조롭게 결혼한 것은 어디까지나 미란의 숨은 조력 덕이라고 말했다. 남편의 말이 틀리지 않았지만 그녀는 선뜻 동의하지 않았다.

그녀는 강좌가 끝난 후 작은 건설회사의 영양사로 취직했다. 그리고 그와 강좌에 대해 조금씩 잊어 갔다. 매일매일 같은 일상이 반복되었지만 나쁘지 않은 생활이었다.

그러던 어느 날 그로부터 전화가 왔다. 그녀는 그의 전화가 전혀 어색하지 않았다. 미란이 깔아 놓은 포석 때문이었다. 미란은 강좌가 끝난 뒤에도 그녀에게 뜬금없이 그의 이야기를 꺼냈다. 그야말로 뜬금없는 상황에서도 미란은 어색하지 않게 이야기를 마무리했다. 그녀는 미란을 잘 알고 있었다. 미란이 그의 이야기를 꺼내는 건 의미 있는 포석이었다. 그녀는 어쩌면 그가 어떤 관계로 자신의 삶에 나타나게 될는지, 그때가 언제쯤일는지 기다렸는지도 모른다.

오래지 않아 그는 그녀에게 프러포즈를 했다. 그녀는 이미 예견된 일처럼 무덤덤하게 받아들였다. 그들은 미란의 적극적인 응원으로 이듬해에 결혼식을 올렸다.

결혼 후에도 미란은 술을 마시면 남편을 형이라고 불렀다. 그녀는 남편에게 살갑게 대하는 미란이 싫지 않았고, 그와 결혼한 선택이 나쁘지 않은 판단이었다고 생각했다.

하지만 그녀는 종종 기분이 언짢아지곤 했는데, 남편은 그것을 여자의 본능적인 질투심 때문이라고 치부했다. 그녀는 말도 안 된다고 부인했는데, 어떨 때는 스스로도 지나치다 싶게 정색했다.

그녀는 종종 남편의 전화를 받기 전까지 그와 미란

사이에 어떤 일이 벌어졌을까 생각했다. 그녀가 그들의 관계에 불경한 의혹을 품었다고 말할 수는 없다. 그렇다고 아무런 의혹을 품지 않았다고도 말할 수 없다.

그녀는 결혼하면서 자신이 품었던 의혹들을 시간의 상자에 담아 이십 대 후반의 어느 골목에 봉인해 두기로 했다. 그녀는 상자에 든 것이 자신은 맞출 수 없는 퍼즐 조각이고, 그것을 마주하면 자신이 당황할 거라고 생각했는지 모른다. 그녀는 시간의 힘을 믿기로 했다. 먼지처럼 켜켜이 쌓이는 시간이 의혹의 상자를 덮고, 이십 대의 골목을 덮고, 기어이 자신의 좌표인 기억을 덮을 거라고 믿기로 했다.

그랬다. 시간은 그들 부부를 전셋집에서 대출받은 아파트로 옮겨 놓고 갓난아이를 사춘기 중학생으로 키웠다. 그리고 남편과 미란이 부동산과 주가지수에 대해 토론하는 모습을 무덤덤하게 바라보게 했다. 하지만 두꺼운 줄 알았던 시간의 켜는 남편과 미란이 수시로 주고받은 문자메시지를 보고 먼지처럼 허공에 흩어졌다.

그녀는 들고 있던 전화의 통화 버튼을 눌렀다. 그녀는 미란이 전화를 받지 않길 바랐는지 모른다. 천천히 신호가 울리더니 수화기 속에서 톤이 높은 미란의 목소리와 소란스러운 음악 소리가 들렸다.

형이 이 시간에 웬일이에요.

그녀는 후회했다. 어떤 말을 해야 할지 몰랐다.

여보세요. 여보세요.

그녀는 아무 대답 없이 수화기를 들고 있었다. 미란이 조심스럽게 언니냐고 물었다. 그녀는 처음으로 자신의 의혹이 어디까지 간 것일까 가늠해 보았다.

언니 지금 무슨 생각하는 거야?

왜 이러는 건지 나도 잘 모르겠어.

그녀는 전화를 끊었다. 화장실에서 나온 남편이 타월만 걸친 채 그녀를 바라보고 있었다.

*

아들의 러닝셔츠가 두 벌째 사라졌을 때 그녀는 남편을 의심했다. 아들은 어느새 덩치가 불쑥 커서 남편과 비슷한 사이즈의 옷을 입었다. 그렇다고 남편이 셔츠를 어딘가에 벗어 두고 왔다고 생각한 건 아니다. 그녀가 생각할 수 있는 반경 안에는 아들을 의심할 요소가 없었기 때문이다. 하지만 아들의 스마트폰을 우연히 본 다음에 자신의 의심이 잘못된 것임을 깨달았다. 그녀는 아들이 잠든 후에 남편에게 아들의 러닝셔츠가 없어졌다고 말했다.

어디 있겠지.

남편은 보고 있던 뉴스 채널을 골프 채널로 돌렸다. 그녀는 남편에게 아들의 스마트폰에 있던 사진에 대해서 이야기했다. 남편은 그제야 이해했다는 듯 리모컨으로 팬티 속을 긁으며 배시시 웃었다. 생각해 보면 아들은 자위행위를 시작하고도 남을 나이였다. 그녀는 남편이 아들에게 조언을 해주거나 무언가 도움을 주길 바랐다. 하지만 남편은 그런 것들은 누가 가르쳐주지 않아도 저절로 배우는 거라고 했다.

이상해요. 카라반에 다녀온 다음부터 그런 거 같아요.

남편은 티브이 볼륨을 줄이고 소파에서 내려앉았다. 그리고 빨래를 개고 있는 그녀에게 다가갔다. 남편은 오래전 아들에게 이차성징이 시작되었으며, 지금 아들에게 일어나는 일은 그 시기에는 당연한 현상이라고 말했다.

아니에요. 분명 카라반 때문이에요. 난 처음부터 카라반이 마음에 들지 않았어요.

휴양림에 가자고 한 건 당신이었어.

하지만……. 우리가 가려고 했던 곳은 그런 곳이 아니잖아요.

카라반은 그저 숙소일 뿐이야. 우린 이번 바캉스에 만족했어. 당신이 더위를 먹어 조금 힘들었을 뿐이라고.

당신도 미란이처럼 바캉스라고 말하네요.

남편이 그녀의 어깨를 껴안았다.

내 말 오해하지 말고 들어. 당신, 아무래도 정신과 진료를 받아 보는 게 어때?

그녀는 개키던 빨래에 고개를 파묻었다. 그리고 흐느꼈다.

난 아무래도 카라반에 다녀온 게 잘못된 거 같아요.

*

의사는 그녀에게 하얀 알약을 처방했다. 하루 한 알씩 복용하고 한 달 후에 경과를 보자고 했다. 약을 먹어도 일상생활에는 지장이 없었다. 몸에 기운이 빠지고 정신이 살짝 몽롱한 정도였다. 가끔 공중 위를 걷는 것 같은 기분이 들어 헛웃음이 나왔다.

하얀 알약이 코끝으로 날아가는 가벼운 무언가를 가두었나. 빠져나가던 것을 가두자 가벼워지는 몸. 그녀는 나쁘지 않다고 생각했다.

시간은 예전처럼 별일 없었다는 듯이 지나갔다. 남편은 그녀가 신경정신과 처방을 받기 전에 그녀를 피보험자로 보장성보험에 가입했다. 아들은 눈치껏 러닝셔츠나 팬티에 몽정하지 않을 정도로 마스터베이션을 했다. 그녀는 여전히 마트에서 캐셔로 일했다. 종종 바코드를 찍지 않고 물건을 포장하다 점장에게 경고를 받기는 했지만, 그런대로 캐셔로서 적응을 해 나갔다.

미란은 뜬금없이 전화하곤 했다. 그리고 미란 주변에서 일어나는 시시콜콜한 이야기를 쏟아냈다. 일테면 오피스텔 일 층의 불친절한 세탁소 주인이라든지 점심에 먹은 파스타의 덜 익은 조개 같은 것들이었는데, 미란은 그런 소소한 말거리를 세상에 둘도 없이 중요한 이야기처럼 하는 재주가 있었다. 그녀는 미란의 이야기를 끝까지 들었고 적당히 맞장구쳤다.

어느 날 그녀는 통장을 정리하다가 미란에게 아직

까지 카라반 이용료를 주지 않았다는 사실을 깨달았다. 어떻게 깜빡 잊을 수 있을까. 그때는 정말 중요한 문제였는데, 어떻게 그걸 잊었을까. 그녀는 하얀 알약을 한 알 머금고 천천히 녹였다. 그녀는 지난여름을 떠올렸다. 이십 대의 어느 지점처럼 아득했다. 그녀는 자신에게 어떤 일이 벌어지고 있는지 고민하지 않았다. 그녀는 나쁘지 않은 삶이라고 생각했다.

그녀는 다음 날도 그리고 다음 날도 미란에게 전화를 걸지 않았고 카라반 이용료를 입금하지 않았다.

피터의 편지

1

오퍼레이터 강이 복도에 떨어진 A4용지를 뒤집었다. 평범한 복사용지 한 장을 뒤집는 순간 종이에 적힌 몇 개의 문장들이 그에게 달려들어 좀처럼 떨어지지 않았다면, 좀 과한 표현일까.

그보다 며칠 전에 복도를 청소하던 주인 노파와 일층 타로점술사 여자가 예의 그 종이를 발견했다. 노파는 종이를 접어 헐렁해진 빗자루에 끼웠고, 점술사는 고양이의 용변 받침으로 썼다. 만약 누군가 종이를 뒤집어 내용을 살폈다면, 그리고 복도에 대고 '별 시답지 않아서 할 말 있으면 나와서 해!' 라고 소리쳤다면, 강이 쭈그려 앉아 몇 개 안 되는 문장을 읽고 또 읽었을까.

지켜보는 사람도 없는데 강은 힐끔힐끔 복도를 둘러보았다. 벽에 걸린 환풍기는 오전의 적요를 참을 수 없다는 듯 씩씩거리며 돌아갔고, 복도를 향한 문들은 모두 굳게 닫혀 있었다. 현관을 비집고 들어온 바람에 환풍기가 움찔하며 멈췄다가 다시 돌아가는 사이 강은 종이를 집어 204호로 들어갔다.

강은 두문불출한 채 종이에 적힌 몇 문장을 읽고 또 읽었다. 그사이 소소한 일들이 썬샤인 모텔에 일어났다.

201호에서 합숙하던 신입 호스티스가 밤사이 감쪽같이 모텔을 떠났다. 새벽에 돌돌돌 구르는 트렁크 바퀴 소리를 들었다는 증언도 있었다. 하지만 강은 네댓 명이 합숙하는 방에서 커다란 트렁크를 챙겨 빠져나올 때까지 아무도 몰랐다는 사실을 선뜻 이해하기 어려웠다.

비슷한 시기에 여점술사가 키우던 페르시아고양이가 없어졌다. 여자가 육 년째 식솔처럼 키워 온 영리하지만 겁 많은 녀석이었다. 녀석은 벌건 대낮에 조금 열린 문틈으로 빠져나갔다가 그길로 영영 돌아오지 않았다.

그리고 209호에 투숙 중이던 노년의 인쇄공이 말없이 사라졌다. 그는 이 년째 썬샤인 모텔에 투숙 중이었다. 주인 노파는 어눌한 말투의 그가 사실은 불법 체류자였으며 단속을 피해 야반도주했다고 단언했다.

그가 사라진 빈방에는 수십 년 전에나 썼을 법한 철제 활자들만 남아 있었다. 얼핏 보기에 활자들은 조형적으로 배열된 것 같았다. 주인 노파가 209호의 9자라고 심드렁하게 말하자, 201호의 맏언니가 이제 쉬러 간다는 의미의 쉼표라며 까르르 웃었다. 그러나 강이 보기에 활자가 놓인 모양은 분명 커다란 물음표였다.

2

썬샤인 모텔 복도에 떨어진 A4용지의 내용은 1970년대에 보스턴의 갱스터에서 유래한 '피터의 편지'이다.

베트남전이 승패의 능선에서 패배의 방향으로 기울던 1971년, 닉슨은 통합마약예방통제법이라는 긴 이름의 법안을 통과시킨다. 법안의 숨은 목적은 안팎의 실정으로 들끓는 여론을 무마시키는 것. 일찍이 전체주의 체계의 독재자들이 그랬듯 궁지에 몰린 정치인들에게는 공공의 적을 타파하자는 구호가 필요한 법이다.

법안이 통과된 후 미국 정부는 마약수사에 2억 2천만 달러라는 막대한 예산을 투입하며 마약과의 전쟁을 선포한다. 하지만 1919년 발포되었던 금주령의 실패에서 보듯 시절이 하 수상할수록 시민들은 영혼의 끄나풀을 놓아 버릴 무언가를 더욱 갈구하기 마련이다. 금주령 덕에 밀주상이 목돈을 만졌듯이 1970년대의 통합마약예방통제법은 마약 가격을 천정부지로 치솟게 하였고, 그로 인한 수혜자는 말할 것도 없이 마약 밀매 조직이었다.

보스턴을 중심으로 세력을 확장해 가던 마약 밀매 조직에 남미계 이민 3세인 피터가 가담했다. 피터의 나이 열두 살. 가담이란 말이 무색한 나이였지만 그는 마약운반책의 역할을 묵묵히 수행하면서 조직에 가담한다는 의미가 어떤 것인지 보여 주는 케이스로 성장한다. 보스는 부하들을 훈계할 때 '피터처럼'이란 말을 관용어처럼 썼다.

동료들은 의심하지 않았다. 피터가 머지않아 전설적인 갱스터인 알 카포네의 콜트 38구경 리볼버 권총을 갖게 될 거라고(훗날 알 카포네의 리볼버 권총은 런던의 경매시장에서 익명의 갱에게 6만 7250파운드에 낙찰되었다). 피터는 열아홉 살에 조직의 중간 보스 자리에 앉는다.

어느 날 보스는 중국계 마약운반책 소년이 마약을 몇 그램씩 빼돌린다는 첩보를 받는다.

그러나 피터는 첩보가 보스에게 도착하기도 전에 슬럼가의 뒷골목을 급습했다. 피터는 중국계 소년이 빼돌린 마약을 다른 조직에게 넘기는 장면을 목격했다. 피터가 소년의 양 무릎을 꺾었다. '꺾었다'라는 의미는 수사적인 표현이 아니다. 보스가 피터를 신뢰하는 가장 큰 이유는 발 빠른 뒤처리였다. 그즈음 보스의 입에는 쿠바산 시가보다 '피터처럼'이라는 말이 더 빈번하게 올라왔다.

중국인 소년은 앉은뱅이 부랑아가 되어 보스턴 뒷골목을 헤맸다. 종종 피터는 멀리서 소년의 모습을 보곤 했는데, 그때마다 소년의 뼈마디가 바스러질 때 느꼈던 울림이 떠올랐다. 그 울림은 상대 조직원을 향해 피스톨의 방아쇠를 당길 때와는 사뭇 다른 실질적이고 물리적인 느낌이었다.

피터는 소년과 마주치지 않으려고 주변을 살피면서 걷는 습관이 생겼다.

그런 피터의 증후를 유심히 살피는 자가 있었는데, 바로 피터의 부하이자 백인우월주의자인 닉이었다. 일찍이 닉이 깨달은 갱스터 조직론의 주요한 골자는 이랬다. 조직은 경쟁과 배신에 의해 굴러가는 생물이다. 아래서 치고 올라오고 위에서 누르는 경쟁 그 자체. 살아남을 수 있는 방법은 오로지 배신뿐이다.

피터가 포커 하우스에서 나와 자신의 캐딜락 문을 열었을 때 옥상에서 너덜너덜해진 중국계 소년의 사체가 보닛 위로 떨어졌다. 말할 것도 없이 스킨헤드 닉의 짓이었다. 그 사건으로 보스턴의 갱들은 전쟁을 준비했다. 피비린내 나는 복수전은 이미 예견된 것이었다. 하지만 피터는 모른 척 눈감았다. 그리고.

피터가 변했다.

보스턴 갱들 사이에서 다시 피터의 이름이 오르내렸다. 한때 '피터처럼'이 냉혹한 갱을 일컫는 관용어였다면, 그 사건 이후에는 슬럼프에 빠진 갱을 힐난하는 의미로 쓰였다.

가족에 대한 측은지심이야말로 갱스터가 제일 경계할 감정일 것이다. 한데 피터는 수년 동안 잊고 지내던 아버지와 할아버지를 불쑥불쑥 떠올렸다. 그리고 휘파람으로 멕시코 민요를 부르며 걸어가는 자신을 발견하고 움찔 놀랐다. 또 아버지와 할아버지의 삶에 대해 진지하게 생각해 보았는데, 피터가 정말 슬럼프에 빠진 것이다.

1925년 피터의 할아버지 호야킨 구스만은 국경을 넘어 미국 동부까지 올라왔다. 그는 운이 좋게 기관차

화부가 되었고, 같은 이민족 처녀와 결혼하여 아들도 낳았다. 호야킨 구스만은 열심히 삽질을 했다. 고성능 엔진의 식욕을 감당하기 위해서는 잠시도 쉴 틈이 없었다. 하지만 그가 꿈꿔 온 신세계는 후발 이민족에게 그리 호락호락하지 않았다. 석탄을 집어삼키며 한없이 멈추지 않고 달릴 것 같던 열차는 1929년에 급브레이크를 밟는다. 대공황의 시작이었다.

화부들의 일거리는 절반 이하로 줄었다. 철도 노동자들은 철도청 복지관 앞에 줄을 서서 번호표를 뽑고 일거리를 기다렸다. 운 좋게 자기 번호가 뽑히면 일자리를 얻었지만 허탕 치는 날이 더 많았다. 일을 얻으면 그나마 쫓겨나지 않으려고 더 빨리 더 많은 양의 삽질을 했다.

호야킨 구스만은 일과가 끝나면 노임으로 받은 감자 가마니를 메고 슬럼가의 집으로 돌아왔다. 굶주림으로 지친 그의 아내는 골목에 나와 훗날 피터의 아버지가 될 후고 구스만을 무릎에 올리고 남편이 돌아오길 기다렸다. 호야킨은 아들을 품에 안고 석탄가루로 범벅인 얼굴을 비볐는데 후고는 까칠까칠한 느낌이 죽기보다 싫었다. 하지만 배고픔은 그보다 더 싫었다.

호야킨 구스만은 아들이 기관사가 되길 바라며 늙어 갔다. 하지만 아들은 철도청의 하역 노동자가 되었고, 호야킨의 허리는 땅을 향해 점점 휘어졌다.

호야킨 구스만은 이국땅에서도 인디언 정신을 잇고 싶었다, 라고 피터의 아버지는 믿었다. 호야킨이 피터에게 남긴 유언은 이랬다.

장차 많은 사람들이 네 이름을 부를 것이다!

물론 아버지의 전언(傳言)일 뿐. 할아버지가 피터에게 인디언의 정신을 가르치고 싶었다는 말을 신뢰할 수는 없다. 호야킨은 분명 손자가 호세 구스만, 휴고 구스만, 이스마엘 구스만으로 불리길 바라지 않고, 이민족의 후예가 아닌 미국 시민으로 살길 바랐기에 피터라는 이름을 지어 준 것이었다.

아버지 후고 구스만은 언제나 말이 없었다. 하지만 피터가 장차 기계를 다루는 오퍼레이터가 되길 바라는 마음은 숨기지 않았다. 후고 구스만이 생각할 수 있는 세계는 하역 노동자와 그보다는 대접을 받는 메커닉이나 오퍼레이터가 전부였다.

후고 구스만은 하역 작업 중 일 톤짜리 곡물 가마니에 깔려 유언도 없이 죽었다. 피터는 아버지다운 죽음이라고 생각했다. 피터 나이 열두 살 때의 일이다. 생계가 막막한 피터는 마약운반책이 되었다. 아버지가 남긴 유일한 유산이 있다면 그것은 불평불만 없는 우직한 성격. 피터는 묵묵하게 임무를 수행하는 갱스터가 되었다.

피터는 웅장한 기계를 운전하는 오퍼레이터의 삶에 대해 생각했다. 피터의 나이 열아홉 봄 무렵의 일이다.

3

어선 수리 공장에서 용접공으로 여생을 바친 강의 아버지는 아들이 항해사나 도선사가 되길 바랐다. 하지만 재수에 삼수를 거듭해도 진학에 실패하는 강에게 아버지의 바람은 요원한 것이었다. 실패한 입시생을 기다리는 것은 입영 영장뿐. 대부분의 이십 대가 그렇듯 강도 군대에 끌려가기가 죽기보다 싫었다. 강은 입대를 연기할 방법을 찾아 열심히 뛰었다. 돌이켜 보면 강의 삶에서 가장 절실하게 무언가를 찾아다녔던 시절이다.

마침내 강은 군복무를 대체하는 방위산업체에 취직했고, 기계실 오퍼레이터로 사회생활의 첫발을 딛는다. 강의 나이 스물두 살 때의 일이다.

강은 거대한 기계와 그것들이 지르는 아우성에 압도되었다. 거미줄처럼 엮여 있는 기계들의 유기적인 메커니즘은 그가 이해할 수 없는 미지의 신세계였다. 그리고 오퍼레이터는 거대한 기계를 제어하여 에너지를 생산하는 위대한 조율사였다. 강은 능력 있는 오퍼레이터가 되고 싶었다. 강의 삶에서 가장 의욕이 불탔던 시절이라고 말할 수 있다.

모두 퇴근하고 기계가 멈춘 시간. 버너가 열린 터빈이 어서 들어오라고 손짓했다. 강은 활짝 열린 기계 속으로 천천히 기어 들어갔다.

왕성한 소화를 끝낸 내장처럼 기계 속은 뜨거웠다. 강은 덜 익은 소화액 같은 매캐한 매연 냄새를 맡으며 깊숙한 곳을 향해 한 발씩 내딛었다. 스산한 기분이 들어 뒤돌아보았을 때 사위는 어둠뿐이었다.

강은 2인치의 점검창에 플래시를 비췄다. 누군가의 눈동자가 보였다. 플래시 불빛이 반사되었는데 주저하는 눈치 없이 어둠 저편으로 사라지는 눈동자. 강의 몸에서 땀이 비 오듯 쏟아졌다.

그리고 물소리가 들렸다. 물방울 소리는 파문을 그리며 퍼져 갔다. 곧바로 굉음과 함께 바람이 몰아쳤다. 물을 채우고 송풍기로 공기를 불어 넣는 작업은 터빈을 가동하기 위한 워밍업이었다. 송풍기의 바람을 멈추거나, 점화를 막거나, 연소실 밖을 채운 물을 빼내야 한다. 하지만 기계 속에서 기계를 멈출 수 있는 방법은 어디에도 없었다. 배기 덕트 저쪽에서 죽음을 재촉하는 바람이 불어왔다. 그는 순간 무기력해졌고 공포심에 어깨를 떨었다. 이렇게 죽을 수도 있다는 실질적인 자각이었다.

점화가 되면 그는 몇 시간 만에 흔적도 없이 타 버릴 것이고, 타다 남은 잿더미는 카본과 함께 산업폐기물로 처리되어 지하 깊숙한 곳에서 썩지도 않고 수만 년 동안 밀폐될 것이다. 강은 이해할 수 없었다. 문을 잠근 사람이 누군지, 불태워 죽이려는 이유는 뭔지.

그때 굉음을 토해내던 터빈이 스르르 멈췄다.

강은 기계 밖으로 몸을 날렸다. 눈에 박힌 카본가루를 털어내고 간신히 눈을 떴다. 강은 눈동자의 주인이 누구더라도 그에게 복종을 약속할 생각이었다. 그런데 주위에는 아무도 없었다.

강은 군 대체 복무 기간을 포함해 팔 년 동안 일하면서 그 사건에 대해 한 번도 언급하지 않았다. 만약 대수롭지 않게 물었다면 신입사원 군기 잡으려는 장난이었다고 누군가 실토했을지 모른다. 그런데 막상 눈동자의 주인공을 만나면 어떤 질문도 할 수 없을 것 같았다. 마음만 먹었다면 흔적도 없이 자기를 죽일 수 있었던 눈동자의 주인을 두 눈 똑바로 뜨고 바라볼 자신이 없었기 때문이다.

4

여름의 길목으로 접어드는 어느 날 아침, 슬럼프에 빠진 피터의 방문을 두드리는 중년 신사가 있었다. 짙은 눈썹에 높은 콧날. 정통 이태리계 외모를 가진 그는 피터의 대부이며 보스턴 뒷골목을 지배하는, 바로 피터의 보스였다.

보스가 시가에 불을 붙여 피터에게 건넸다. 슬럼프에 빠진 피터는 더 이상 자신이 보스에게 해 줄 것이 없다는 사실을 깨닫는다. 그래서 피터는 보스에게 멕시

코 국경을 넘겠다고 말했다. 보스는 안주머니 속에 있는 피스톨의 방아쇠를 만지작거리며 생각했다. 피터의 말이 무슨 의미일까.

세상에는 보편적인 룰이 있고, 갱스터에게는 더 엄격한 말하자면 목숨을 걸고 꺼내야 하는 말이 있는데, 조직을 떠나겠다는 말이 그것이었다. 피터를 열두 살부터 지켜봤던 보스는 피터의 말을 조직에서 더 큰일을 맡고 싶다는 응석 정도로 해석했다. 보스는 피터에게 차이나 갱들과 남아프리카산 신종 마약의 유통망을 놓고 벌어진 협상을 맡겼다.

차이나타운의 뒷골목에서 연기처럼 사라졌습니다.

독립기념일 아침 보스를 찾아온 닉이 전한 말이었다. 마라톤 행사에서 시장과 테이프 커팅을 준비하던 보스는 자신이 늙어 간다는 사실을 인정할 수밖에 없었다. 젊은 시절 그였다면 분명 그때 방아쇠를 당겼어야 했다.

보스는 신종 마약의 정보가 다른 조직에 넘어갈까 노심초사했다. 보스는 행사를 취소하고 조직의 모든 안테나를 동원하는 한편 피터의 목에 현상금 5천 달러를 걸었다.

피터가 사라진 뒷골목에서 신종 마약 100그램을 회수해 보스에게 상납한 스킨헤드 닉은 이 사건으로 보스의 두터운 신망을 얻게 되었다. 그러나 닉은 마약 봉지 옆에 있던 피터의 편지는 미처 눈여겨보지 못했다. 피터의 편지는 닉과 함께 피터를 미행하던 열두 살 니그로 소년이 몰래 챙겼다.

니그로 소년은 동료 갱스터들에게 피터의 편지를 보여 주었다. 피터는 어느 순간부터 형상이 없는 목소리가 자신을 늘 따라다녔다고, 목소리를 피하는 방법은 소리 없이 사라지는 것밖에 없었다, 라고 썼다.

소년 갱들은 깔깔거리며 피터의 편지로 담뱃불을 붙였다. 하지만 니그로 소년은 말없이 어둠이 내리는 슬럼가의 뒷골목을 한참 바라보고 있었다. 어디선가 낮은 휘파람 소리가 들리는 듯했다.

피터가 사라진 사건은 세상 모든 일처럼 서서히 잊히는 듯했다. 니그로 소년이 아무 말 없이 사라지기 전까지는.

5

며칠 사이 썬샤인 모텔 주변에서 피터의 편지가 여러 장 발견되었다. 강은 편지의 발원지를 찾아 탐문하고 다녔다. 그제야 사람들이 피터의 편지를 처음으로 읽어 보기 시작했다. 일 층 타로숍의 여점술사도 그중 하나였다.

사람들은 여점술사 옥순옥을 옥 마담이라고 불렀다. 빨간 테를 두른 타로숍 간판처럼 세련되지 않지만 입에 착 달라붙어 그녀도 불만이 없었다.

사람들은 변두리 후미진 골목의 타로숍을 누가 찾겠냐는 측은지심에 그녀의 가게 문을 두드렸고, 중년을 바라보는 노처녀의 거침없는 입담에 속내를 털어놓기 일쑤였다. 그녀는 언제 미용 기술을 배웠는지 201호 처녀들의 네일아트에서 주인 노파의 파마까지 솜씨 좋게 뽑아냈다. 때문에 그녀의 가게는 모든 소문들이 쉬어 가는 마구간 같은 곳이 되었다. 소문은 그곳에서 적당히 살을 불렸고 파발마가 되어 세상으로 나아갔다.

옥 마담이 스킨만 대충 바른 채 퉁퉁 부은 얼굴로 타로숍 문을 열었을 때 유리문에 피터의 편지가 붙어 있었다. 옥 마담이 두 번째로 받은 편지였다. 옥 마담은 거침없이 창에 붙은 편지를 떼어 냈다. 그리고 모서리가 어긋나지 않게 차곡차곡 접어서 고무패킹이 빠진 소파의 한쪽 다리에 받쳤다.

옥 마담이 꼬깃꼬깃 접힌 피터의 편지를 끄집어낸 것은 자식같이 키우던 페르시아고양이가 사라지고도 한참이 지난 다음이었다. 편지를 꼼꼼히 읽은 옥 마담은 구겨진 편지를 손바닥으로 펴서 서랍 깊숙이 담아 두었다.

201호의 큰언니도 피터의 편지를 받았다. 그녀는 전날 밤 폭탄주를 스무 잔쯤 마셨다. 신물 넘어오는 가슴을 쓸어내리며 일어난 아침이었다. 편지를 읽는 순간 일수 도장 찍을 날짜가 까마득하게 남았다는 사실이 떠오른 이유가 뭘까. 그녀는 피터의 편지를 돌돌 말아 브래지어 속에 넣었다.

주인 노파는 유일하게 편지에 대한 해답을 가지고 있었다. 노파는 옆 동네 재건축으로 재미를 본 시행사의 짓이라고 확신했다. 시행사가 다음번 사업지로 썬샤인 모텔 주변을 염두에 두고 있다는 소문이 노파의 귀에 들어간 지 오래였다. 노파는 시행사 직원이 집값을 떨어뜨리기 위해 흉흉한 이야기가 적힌 편지를 곳곳에 붙이고 다닌다고 생각했다.

두고 보라고. 내가 헐값에 넘길 것 같아. 어림없는 소리지.

편지가 이곳저곳에서 발견될수록 강의 의혹은 점점 깊어지고 있었다.

6

강의 근황에 대해 말하자면 반 취업 상태쯤. 그는 취업 상태지만 여전히 구직 중이다.

강은 소음 속에서 마우스 버튼을 신중하게 클릭했다. 하지만 수십 페이지를 클릭해도 구인 광고는 여러 기계들이 만들어 낸 100데시벨의 소음과 같았다. 다양한 것 같지만 결국은 하나의 소음이었다.

오퍼레이터에게 경력이란 실용성이 전혀 없는 노병의 훈장처럼 치부된 지 오래였다. 자동제어시스템이 발전하면서 노련한 경험보다는 순발력을 필요로 했고, 그런 자리는 값싼 임시직으로 채워졌다. 경력 있는 오퍼레이터를 원하는 자리는 대부분 비정규직이거나 용역계약직이었다.

모두들 불황 탓이라고 말했다. 그럴 때 '불황 탓'이라는 말은 기운을 빼는 말이기도 했지만, 한없이 너그러워지게 하는 말이기도 했다. 불황 탓이라 말하면 누구 하나 말꼬리를 잡아 둘러치지 않았다.

강은 불황이란 단어를 들으면 오래된 영상 기록의 한 장면이 떠올랐다. 실업급여를 받기 위해 줄지어 선 노동자의 대열과 슬럼가의 풍경을 담은 영상이었다.

카메라는 거리로 나와 일광욕을 하는 남미계 이주민 여인을 클로즈업했다. 아이를 무릎에 앉힌 여인은 찡그린 얼굴로 컷이 바뀌기 전까지 카메라를 응시했다. 렌즈에 비친 자신의 처지를 직시하고 있는 것인지, 혹은 찡그린 표정조차 바꾸기 고단하다는 것인지 알 수 없었다. 멀리서 감자 가마니를 짊어진 노동자들이 걸어왔다. 카메라를 향해 걸어오는 노동자들의 걸음걸이가 얼핏 보면 관절이 굳어 버린 사람의 걸음처럼 어딘지 어색했다. 다시 보면 뒤뚱거리는 것 같았다. 그래서일까. 뒤뚱거리며 걸어오는 모습이 슬랩스틱 코미디의 한 장면 같았다.

강의 첫 직장도 불황의 여파를 이기지 못하고 문을

닫았다. 강은 24시간 맞교대로 근무하는 찜질방 기계실에 용역계약직으로 취직했다. 근무시간도 그렇지만 연봉도 전 직장의 절반을 조금 넘기는 수준이었다. 물론 온전한 직장을 구하기 전까지만 다닐 계획이었다. 새로운 기술을 배우기도 애매모호한 서른 살 무렵이었고, 시절의 불황이었다. 그럴듯한 일자리를 찾다 보니 시간은 듬성듬성 흘러 어느덧 강을 삼십 대 중반의 언저리에 내려놓았다.

어쩌면 시간이란 기억의 잔가지들을 잘라내고 접붙여서 스스로 원하는 해답에 이르게 하는 물리적인 단위일지 모른다. 강은 시간이 가면서 눈동자의 메시지가 햇병아리 오퍼레이터에게 기계실을 떠나 새로운 길을 모색하라는 의미로 생각하게 되었다.

7

니그로 소년이 뒷골목에서 사라지고도 수년이 지난 1980년대 보스턴의 삼류 갱들 사이에서는 피터의 편지가 필사되어 번지기 시작했다. 그런 현상에 대해 사소한 것들의 역사로 눈을 돌린 사회학자들은 흥미로운 주장을 내놓았다. 학자들은 피터의 편지가 갱들에게 퍼질 수 있었던 요인으로 포스트잇의 출시를 지목했다.

알다시피 포스트잇은 미국 3M사를 대표하는 상품으로서 메모지라는 새로운 마켓을 발굴한 제품으로 유명하다. 하지만 그 개발 과정은 우연에 기인했다. 3M사의 아서 프라이라는 연구원은 신제품 개발 중에 우연히 끈적거리지 않는 이상한 접착제를 발견한다. 일찍이 스킨헤드 닉의 눈에는 보이지 않았던 피터의 편지가 니그로 소년의 눈에 보였듯이 아무도 주목하지 않는 불량품의 가치를 아서는 한눈에 알아본다. 하지만 시장은 아서가 개발한 포스트잇의 상품 가치를 알아보지 못한다.

반응은 냉담했다. 세상의 이목을 받지 못하고 사라질 포스트잇을 구한 이들은 바로 미국의 비서들이다. 포스트잇은 오너의 일정을 수시로 점검하고 메모하는 비서들에 의해 입소문을 타고 급속도로 번지기 시작했다. 여기까지가 3M사에서 홍보하는 포스트잇의 성공담이다.

하지만 사소한 것들의 역사에 눈을 돌린 학자들은

포스트잇 성공신화의 공로자로 어린 갱스터들을 지목한다.

학자들은 접착제 없이 아무 곳에나 붙일 수 있는 포스트잇이 당시 어린 갱들의 문화적 호기심과 소비심리를 동시에 충족하는 상품이었다고 분석했다. 어린 갱들은 포스트잇을 주머니에 넣고 다니며 이곳저곳에 붙였다. 포스트잇은 수시로 장소가 바뀌는 접선지에 간단한 메모를 남기는 용도로 요긴한 물건이었다.

하지만 갱스터들이 포스트잇을 가장 먼저 접하게 되는 통로는 바로 피터의 편지였다. 포스트잇에 필사된 피터의 편지는 운반책이 건네는 마약 봉지에 붙어 있고, 출격을 앞둔 소년 갱스터에게 배달된 탄창에도 붙어 있었다. 집에 돌아와서 외투를 벗고야 자신의 등에 붙은 피터의 편지를 발견한 갱스터도 있었다. 피터의 편지가 필사된 포스트잇은 햇병아리 갱스터와 슬럼프에 빠진 삼류 갱에 의해 널리 퍼져 나갔다. 그 후로 포스트잇은 갱이 다니는 술집, 식당, 여관에서 무더기로 발견되면서 시장의 주목을 받기 시작한 것이다.

그런데 3M사는 회사를 대표하는 제품의 성공담에서 왜 갱스터들의 이야기를 완전히 뺀 것일까. 사소한 것들의 역사에 관심을 갖는 학자들은 이 같은 현상을 '피터의 편지 현상'이라고 부른다.

갱스터들이 즐겨 쓰던 포스트잇이라니!

포스트잇이 쌓아 온 세련된 상품이라는 이미지에 미칠 악영향을 염려한 탓이다(당시 포스트잇 광고에는 짧은 스커트에 흰 블라우스를 입은 오피스 우먼들이 주인공으로 등장했다). 학자들은 이런 현상을 '상품의 배신' 혹은 '시장의 배신'이라고 불렀다. 피터의 편지 현상은 고도화된 자본주의에서 일어나는 소외현상의 한 가지로 지금도 종종 언급되곤 한다.

어쨌건.

포스트잇의 인기와 더불어 피터라는 이름이 부하들의 입에 오르내리는 걸 끔찍하게 싫어한 갱이 있었는데, 그는 보스를 살해하고 권좌에 오른 바로 스킨헤드 닉이었다. 닉은 보스 자리에 오른 뒤 자기에게 위협이 될 갱들을 모두 살해했다. 닉이 중간 보스인 피터에게 배운 교훈이 있다면 바로 발 빠른 처리였다. 그런데 자기보다 보스였던, 그것도 멕시칸 이민 3세 피터의 이름으로 전해지는 편지라니. 닉은 보스의 유품인 알 카포네의 콜트 38구경 리볼버 권총을 만지작거렸다.

닉은 피터의 편지를 모아 소각하고, 부하들에게 편지를 근절하라고 명령했다. 하지만 통합마약예방통제법이라는 법령의 실패에서 보았듯이 갈구하는 대중이 있으면 그것은 어떻든지 간에 유통되기 마련이다. 피터의 편지는 여전히 곳곳에서 발견되었다.

닉은 참을 수가 없었다. 편지를 잠재울 방법은 피터의 목을 가져오는 수밖에 없었다. 닉은 모든 안테나를 가동했다. 닉에게 돌아온 정보에 의하면 피터는 남태평양의 작은 섬에서 원주민의 딸과 결혼해서 살고 있었다. 두 아이를 낳은 피터는 고장 난 어선을 수리하는 일로 생계를 유지했다. 안테나는 중년의 나이답게 배가 불룩 튀어나온 피터를 1980년대 사진으로는 찾을 수 없을 거라는 부연도 잊지 않았다.

닉은 다시 한 번 보스가 남긴 피스톨의 방아쇠를 만지작거렸다.

8

옥 마담의 타로숍에 점포 임대 벽보가 붙었다.

떠나는 자에게는 너그러워지는 법이다. 주인 노파

는 그녀의 파마 솜씨가 칠십 평생 보아 온 어느 미용사 못지않은 최고 솜씨였다고 칭송했다. 201호 호스티스들은 마스카라가 번지지 않도록 섬세하게 눈물을 찍어냈다. 하지만 애잔한 마음도 잠시. 그녀들은 옥 마담의 폐업 이유에 대해 수군거리기 시작했다.

옥 마담이 사채업자에게 시달렸다는 제법 구체적인 원인을 제시하는 여자도 있었다. 타로숍에 시커먼 덩치들이 드나드는 장면을 목격했다는 것이다. 반면, 타로숍에 드나들던 덩치는 자수성가한 사업가로 마담과 연분이 싹텄다는 생뚱맞은 주장도 있었다. 그 주장에 따르면 옥 마담은 이미 강남에 커다란 숍을 얻고 화려하게 인테리어까지 끝낸 상태였다.

또 하나의 주장은 피터의 편지는 옥 마담이 꾸민 자작극이라는 것이었다. 애초에 적자를 면치 못하던 옥 마담이 월세를 낮춰 보려고 흉흉한 편지를 곳곳에 붙이고 다녔다는 것이다. 하지만 수십 장의 편지를 붙여도 주인 노파가 꿈쩍도 하지 않자 결국 폐업을 결정했다는 주장이었다.

수많은 추측과 가설 들이 타로숍의 문을 두드렸을 텐데 옥 마담은 궁색한 해명 한마디 하지 않았다. 평소의 그녀라면 거침없는 입담으로 얽히고 꼬인 소문의 실타래를 싹둑 잘라냈을 것이다. 그녀가 잘라내고 붙여서 만든 소문들을 사람들은 어느새 사실로 여겼다. 그녀는 명실상부 썬샤인 모텔의 모든 소문을 거머쥔 안주인이었다.

그런 옥 마담의 침묵은 누구도 예견하지 못한 일이었다. 강은 아무래도 옥 마담을 만나야 할 것 같았다.

강이 뽑은 두 장의 카드는 벌거벗은 여자 시종이 냇가에서 물을 긷는 것과 귀족 복장의 사내가 황금잔을 들고 소풍 가는 것이었다. 옥 마담이 점술을 풀어 나가는데 그는 전혀 들리지 않았다. 정작 강이 듣고 싶은 이야기는 피터의 편지에 대한 마담의 생각이었다. 잔뜩 굶주린 채 타로숍에 도달한 소문을 가지 치고 살을 붙여 만들어 낸 마담의 생각 말이다. 하지만 떠나가는 마당에 무슨 의미인가 싶었다. 어디로 이사하느냐고 물으려다 다시 생각해 보니 그들의 관계가 인생의 내밀한 사연까지 물어볼 만큼 두텁지 않다는 사실이 떠올라 그만두었다.

강이 밖으로 나가는데, 옥 마담이 서랍에서 꺼낸 편

지 뭉치를 그에게 내밀었다. 족히 수십 장은 될 피터의 편지에서 빽빽한 밀도가 느껴졌다. 강이 의아한 표정으로 마담을 바라보았다. 그녀는 진한 연애의 끝자락 같은 애잔한 표정을 지었다.

강은 뭉치에서 가장 깨끗한 편지 한 장을 꺼내 옥 마담에게 다시 건넸다. 강은 옥 마담이 좋은 이웃이었다고 생각했다. 그러자 방정맞게도 마음 한구석이 뭉클해졌다.

9

닉이 킬러를 고용했다. 킬러는 라스베이거스를 주요 무대로 활동하는 잔혹하고 냉정하기로 악명 높은 사내였다. 피터는 비록 사십 대의 선박 수리공으로 전락했지만 한때는 보스턴 갱스터의 보스 자리를 넘보던 이인자였다. 슬럼프에 빠져 허우적거리는 보스턴의 갱들에게 맡길 수 있는 일이 아니었다. 한 가지 아쉬운 것은 킬러가 아시아계 이민 3세라는 점. 하지만 닉은 니그로건 몽키건 가릴 입장이 아니었다.

닉이 피터를 제거해야 하는 이유는 두 가지였다. 하

나는 조직을 배신한 자는 지구 반대편까지 쫓아가서 응징한다는 선례를 남기기 위해서였고, 다른 하나는 피터의 편지가 전혀 줄어들지 않았기 때문이다.

결론부터 말하자면 킬러는 보스턴에 돌아오지 않았다.

보스턴의 갱들 사이에 여러 가지 가설이 난무했다. 피터와 함께 생활했던 몇몇 갱들은 킬러가 피터에게 당했다고 믿었다. 그들은 피터의 실력을 목격한 자들이었지만 그보다는 서부 갱스터의 실력을 경시하는 이유가 더 컸다.

다른 하나는 애초에 킬러는 존재하지 않았다는 주장이다. 닉이 조직의 기강을 다잡기 위해 실제로 고용하지도 않은 킬러를 남태평양에 보냈다고 소문냈다는 것이다. 지독한 구두쇠인 닉이 많은 비용을 들여 킬러를 고용할 리 없다는 제법 그럴듯한 근거까지 제시했다.

여러 가설들이 피터의 편지와 함께 모락모락 퍼져나갔다.

수만 달러를 주고 킬러를 고용했다는 소문은 거짓이지만 닉이 킬러를 고용한 건 사실이었다.

킬러는 섬으로 떠나기 전날 닉이 보낸 상자를 받았다. 상자에는 야자수 그늘 밑에서 배가 불룩한 피터가 낮잠 자는 사진과 리볼버 한 자루, 고무줄에 돌돌 말린 달러 뭉치가 들어 있었다. 그리고 피터의 편지가 있었다.

서부 갱스터 출신인 킬러는 피터의 편지를 처음 보았다. 킬러는 포스트잇에 써진 몇 개의 문장을 밤새도록 읽고 또 읽었다.

다음 날 닉의 부하가 킬러의 방문을 열었을 때, 테이블에는 리볼버 권총 한 자루와 고무줄에 돌돌 말린 달러 뭉치만 남아 있었다. 그 후로 킬러의 모습은 보스턴의 뒷골목에서도 라스베이거스의 갱스터 사이에서도 보이지 않았다.

세월이 지나면서 피터의 편지는 갱들 사이에 동병상련 같은 의미로 사용되었다. 갱들은 슬럼프에 빠진 동료에게 드러내지 않고 피터의 편지를 건넸다. 피터의 편지를 받은 갱스터들은 시간이 흘러서 하나둘 보스턴의 뒷골목에서 사라졌다.

10

전기 패널을 열고 고압전류를 차단하자 전등이 모두 꺼지고 기계들이 된소리를 내며 멈추었다. 급수펌프 스위치의 고장이었다. 강은 휴대용 플래시를 입에 물고 나사를 하나씩 풀어 나갔다.

순간 적막을 가르는 물방울 소리가 들렸다. 물방울 소리는 파문을 그리며 기계실을 떠돌았다. 복화술로 내는 기계들의 아우성이었다. 어디선가 바람을 타고 덜 익은 소화액 냄새가 났다. 놀란 강의 입이 스르르 벌어지면서 플래시가 바닥에 떨어졌다. 기계실은 적막과 암흑에 휩싸였다.

강은 출구를 향해 걸어가다 바닥에 늘어진 전기배선에 걸려 여러 번 데굴데굴 굴렀다.

가까스로 기계실 문을 열었는데 출입문에 피터의 편지가 붙어 있었다. 강은 기계실의 어둠 속을 응시하였다. 어둠 속에서 양손으로 머리를 감싸쥔 채 잔뜩 웅크린 햇병아리 오퍼레이터의 실루엣이 보였다.

고개를 돌리자 편지를 붙이고 도망가는 사내의 뒷모습이 보였다. 강은 반사적으로 뛰쳐나갔다. 가로등을 끼고 돌자 어두운 골목이 나타났다. 골목은 다시 골목으로 이어졌고, 그 골목은 또 골목으로 이어졌다. 골목 맞은편에 처마가 낮은 슬레이트 지붕의 집들이 수십여 호 나타났다. 비닐과 폐타이어로 덮인 집들은 땅속에 깊이 박혀서 지붕만 간신히 내놓은 모습이었다.

허리가 굽은 노파가 골목에 구정물을 뿌리고 낮은 출입문으로 들어갔다. 하수구에서 나온 주먹만 한 쥐가 쓰레기 더미 속으로 숨어들었다. 골목을 희미하게 비추는 가로등 밑에는 고장 난 가전제품들, 폐가구들이 쌓여 있었고 뼈대만 남은 오토바이가 세워져 있었다. 마치 질퍽한 기름과 카본 덩어리로 범벅된 버너를 보는 것 같았다.

이걸 어디서부터 손봐야 하나. 기름을 닦아내는 데도 수십 장의 걸레가 필요할 텐데. 수리한다고 제대로 돌아가긴 하는 걸까. 그런 느낌이었다.

강은 가로등에 붙은 나이트클럽 포스터를 떼어 냈다. 그리고 주머니에서 피터의 편지를 꺼내 그 자리에 붙였다. 완벽하게 기계를 수리했다는 느낌보다는 임시조치를 해 놓은 기분이었다.

순간 수리하다가 만 급수펌프가 생각났다. 강은 빨리 돌아가서 고치던 기계를 마저 수리해야겠다고 생각했다.

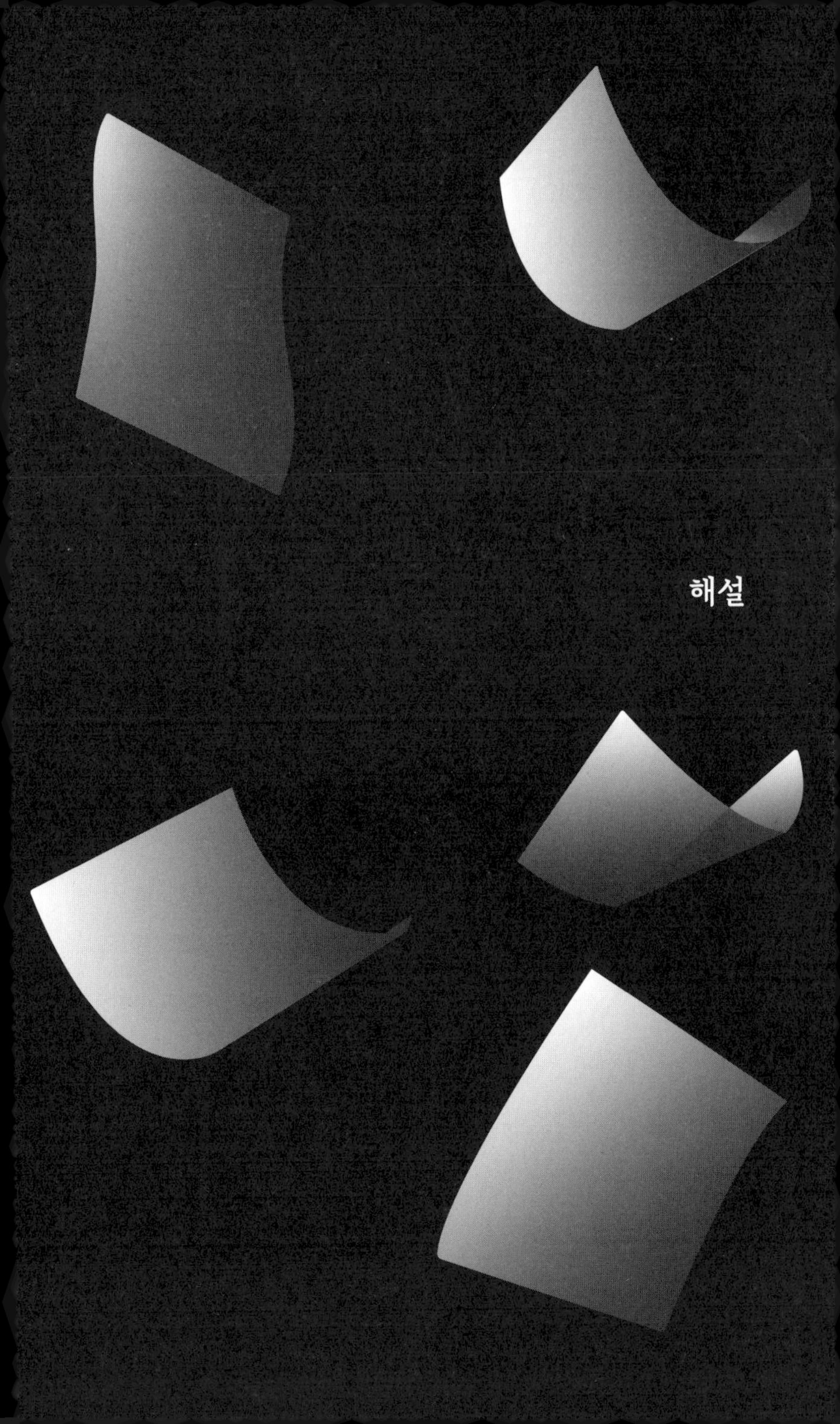

해설

카운터-팩트체크

윤재민(문학평론가)

이춘길 소설은 쉽사리 플롯의 전모를 드러내지 않는다. 등장인물들이 처한 상황 혹은 그들의 판단에 플롯을 전적으로 내맡기기 때문이다. 필사적으로 무언가를 감추고자 한다. 때로는 은폐를 향한 열정의 강도(强度)가 너무 지나쳐 소설 구성과 구도마저 '왜곡'해 버리는 지경으로 나아가기까지 할 정도이다. 기묘한 건 이러한 구성적 은폐와 왜곡이 호기심을 자극한다는 사실이다. 그들이 행하는 상식 밖의 선택과 태도가 이야기 끝에 무엇이 기다리고 있을지 쉽사리 예측할 수 없게 하는 탓이다. 간결한 호흡의 문장에서 이따금씩 터져 나오는 변수들이 결코 이어지지 않을 법한 상황을 끝끝내 하나의 플롯으로 직조해 내고야 만다. 고개를 끄덕이는 순간보다 갸웃한 순간이 압도적인 이 소설적 경험이야말로 이춘길 소설 제일의 미덕이자 에센스라 말하고 싶다.

첫 번째 소설 「형사 K의 미필적 고의」(이하 「형사 K」)를 보자. 어느 날 갑자기 '나'의 친형이 실종된다. 친형의 행방을 좇는 것으로 추정되는 '형사 K'는 형과 함께 사라진 승합차의 명의자가 서술자 '나'였다는 사실을 알고, 그때부터 '나'가 실종 사건에 연루됐을지도 모른다는 합리적인 의심을 품게 된다. '나'의 명의를 도용하여 친형이 소유하고 있던 승용차가 '나'에 의해 불법 폐차된 정황이 드러나기까지 했다. 형사 K는 '나'의 일거수일투족을 주시하기 시작한다.

형사 K는 '나'에게 실종 차량의 단순 '명의자'가 아니라 실질적인 '소유주'임을 인정하라고 끊임없이 채근한다. '나'는 몹시 억울하다. 그는 신용불량자인 친형에게 자신의 첫 차인 '8051 승합차'를 대여해 줬을 따름이다. 사설 경마장과 불법 하우스 도박장을 전전하는 막장인생인 친형이 실질적인 차의 법적 '소유자'로서의 모든 책임을 방기한 채 강원도 인근에 차를 방치하고 돌연 사라진지라, '나'는 손쓸 수 없이 망가진 차를 처분하는 결정을 내렸을 따름이다. '나'의 주장에 따르면, 그는 친형의 실종과 관련된 부수적인 피해자 중 하나이다. 그간 형이 방기해 온 차에 대한 온갖 세금을 떠안고 있는 상황이기 때문이다. 그러나 형사 K는 이러한 '나'의 주장을 믿지 않는다. 그는 '명의'와 '소유'라는 "오세아니아 대륙과 아시아·유럽 대륙의 거리만큼이나 먼 간극"을 좁히기 위해 안간힘을 쓴다. '나'에게 있어서 이는 상당히 큰 부담인 듯하다. 형의 실종과 '나'가 행한 폐차 사이의 인과관계가 성립될 단초가 될 터이기 때문이다.

형사 K의 수사는 '나'를 점차 편집증으로 몰고 간다. 프리랜서 애니메이터로서 사설탐정 K의 실종 사건을 파헤쳐 가는 하드보일드 셀애니메이션 제작으로 바쁜 와중인데 일이 전혀 손에 잡히지 않을 정도로. 그 와중에 형사 K는 폐차된 '승합차 8051'의 행방을 백방으로 수색하면서 포위망을 좁혀 간다. '나'는 "**범행**이 밝혀지지 않으리라는 확신에 미세한 금이 가기 시작했"음을 직감한다. 이 순간 독자는 '나'에게 뭔가 말 못할 '사연'이 있음을 직감하고 형사 K 측에 서게 될 터이다. 그는 무언가를 숨기고 있는 데다가 적극적으로 사실을 기만하는 중이다!

자신을 죄어 오는 형사 K의 수사망을 목전에 둔 '나'는 현실을 받아들인다. 불안감도 거둔다. 그러고는 형의 실종이 '나'와 관련돼 있다는 심증을 확실한 물증으로 바꾸기 위한 '일말의 가능성'을 저지하기 위한 게임에 나선다. 형사 K의 심리전에 말려들지 않고 적극적으로 사안에 개입하여 상황을 '해결'하기로 결정 내린 것이다. 그렇게 '나'는 형사 K를 잔혹하게 살해한다.

이 모든 과정은 '나'의 시점으로 필터링되어 독자들에게 전해진다. 형사 K와 얽히기 시작하면서 '나'가 느꼈던 불안은 범행에 대한 변명이자 어설픈 합리화 이상도 이하도 아니다. 형사 K의 **미필적 고의**라는 제목에서부터 그렇다. 이러한 '나'의 행태는 합리화될 수 있을 선을 한참 넘었다. 살인 자체가 용서받을 수 없는 행동인 데다가 형사 K를 살해한 '나'의 동기와 태도는 인간으로서 도의를 완전히 저버렸다고 말할 수밖에 없다. '나'가 어떤 마음으로 형의 실종과 형사 K의 살해에 이르게 되었는지 아무리 자세하게 자신의 입장과 감정을 토로하더라도, 불분명한 동기로 형의 실종에 연루되었다는 혐의와 형사 K를 살해했다는 사실(fact)만이 진실(truth)이다. 이를 회피하려는 '나'의 불안한 행태에 감정적으로 절절하고 '진정성'이 얼마나 흘러넘치던 간에, 이는 그저 진실의 왜곡을 시도하는 반(反)사실적(counterfactual) 명제에 불과하다.

「형사 K」의 연장선상에서 「실종」을 읽어 보고 싶다. 이 작품은 세계의 구조적 진실에 그 어떤 발언권도 없는 영화 시나리오 작가 박용석이 구성한 기괴한 반사실적 명제로 직조된 픽션이다. 쇠락한 구도심 C지구 한구석에 또 다른 시나리오 작가 장을 감금한 채 영화계에 진입하기 위해 고군분투하는 박용석의 면모는 일견 「형사 K」의 '나'와 같은 부류로 그를 파악하게 한다.

그러나 박용석이 실제로 장을 감금한 것인지는 의심스럽다. 그가 장을 감금한 이유는 좀체 풀리지 않는 시나리오의 다음 내용을 '훔치기' 위함이다. 그러나 시나리오 작가로서 장의 위상은, 용석과 마찬가지로 입봉하지 못한 지망생 신분에 불과하다. 둘 다 같은 처지인 것이다. 박용석은 장에게 압도적인 폭력을 행사하는 가해자라기보다는 시나리오 작성을 위해 마지막 힘을 짜내는 과정에서 부지불식간에 구성된, 장의 또 다른 자아처럼 읽힌다. 소설 중간마다 삽입되는 파편적인 시나리오가 용석의 행위(#7 미라처럼 말라 가면서도 박용석은 시나리오를 쓰지 않는다)를 지시하고 있다는 데서 이러한 의심은 짙어진다.

이미 시류에 뒤처진 시나리오를 쓰는 작가라는 열등감과 폐색감을 공유하는 두 사람의 작업물은 에셔의 〈그리는 손〉과 같이, 거울처럼 서로를 소묘해 나간다. 두 사람의 시나리오는 일견 자신이 아닌 다른 누군가를 그리는 듯하지만, 끝내 자기 자신을 닮아 간다. 두 사람의 시나리오는 그렇게 박용석과 장 중 누가 진짜 시나리오 작가인지, 두 사람 중 누가 '현실'을 살고 있는 것인지 분간할 수 없게 뒤엉키고 만다. 소설 안에서 벌어진 일 중 무엇이 서사적 시공간에서의 '진실'인지 따지는 게 무의미할 정도로 말이다. 두 사람의 시나리오 다발이 서로에 대한 데칼코마니이자 각자의 존재를 부인하는 반사실적 명제로 구현되어 가시화되는 것이다. 장의 시나리오를 사실로 간주한다면 박용석의 존재는 자연스럽게 소설 속 픽션이 된다. 그런데 박용석에게 있어서 장은 그가 창조한 시나리오 속 인물이다. 「실종」은 작가 내면에서 벌어지는 극단적인 스트레스가 만들어 낸 기괴한 자폐적 속성을 반사실적 명제를 통하여 폐색의 정조를 구현하는 데 이른 인상적인 픽션이다.

허름한 모텔 생활자의 삶을 스쳐 지나가는, 어느 짧

은 메모에 관한 진지한 허풍이 이어진다(「피터의 편지」). 대한민국 어느 소도시 구석 기계실 오퍼레이터 강에게 1970년대 보스턴 갱스터에게서 유래했다는, 그 유명한 '피터의 편지'가 도착하면서부터이다. 편지에 깃든(이런 유의 풍문이 그렇듯 구체적인 내용은 전해지지 않는) 불가사의한 힘이 전도유망한 갱스터들을 폭력과 죽음의 아사리판에서 '해방'시켰다고 한다. 거기에 더해 편지에는 포스트잇의 탄생과 당대의 주목할 만한 문화현상으로서 사회학자들의 연구 대상이기도 했다는 남다른 이력이 담겨 있기까지 하다. 그러나 그건 아무래도 좋을 일이다. 편지에 얽힌 비범한 사연은 오퍼레이터 강의 삶과 아무런 관련이 없다. 그에게 '피터의 편지'는 관심 가질 이유가 없는 한낱 '찌라시'일 따름이다. 「피터의 편지」는 남다른 역사를 체현하는 편지에 얽힌 모든 사연이 방담처럼 이어지는 가운데 그것과 하등 상관없는 삶의 군상들이 교차하는 구성을 취한다. 1970년대 닉슨 치하의 마약정책, 포스트잇 그리고 사회학적 소외이론에 관한 반사실적 명제들이 썬샤인 모텔 같은, 피터의 편지의 기원에서 한참 멀리 떨어진 지구 반대편 소도시까지 무한히 증식할 따름이다. 그러나 그렇다고, 세상에 아무 일도 일어나지 않았노라 말할 수는 없다. 이 무의미해 보이는 우발적인 교차와 만남 또한 어떤 가능성일지도 모르니까.

픽션이라는 형식에는 필연적으로 어느 정도의 반사실적 명제가 담겨 있을 수밖에 없다. 허구를 짓는다는 건 무에서 유를 창조하는 과정이라기보다는 이미 존재하는 사실 혹은 진실을 재가공하는 공정이기 때문이다. 엄연한 진실 혹은 사실을 그대로 반복하는 건 소설가의 일이 아니다. 소설가란, 더 세련되고 그럴듯한 '가짜정보'를 내놓는 게 미덕인 기묘한 족속이다. 수많은 소설가들이 자기만의 '가짜정보'를 세상에 선보이기 위해 머리를 쥐어 짜내고 있는 중이다.

이미 지나간 시간을 현실에서 물리적으로 (아직까지는) 되돌리는 건 불가능하다. 그러한 가운데, 반사실적 명제를 다루는 픽션 특유의 방식은 과거와 현재 사이의 간극을 상상적으로 메꾸는 유희의 기제로서 반복되어 왔다. (아직은) 물리적인 시공간의 흐름을 거스를 수 없는 가운데 거대한 '세상의 이치'에 익사하지 않기 위해 마련된 정신적 숨구멍의 역할을 해 왔던 것이다. 그렇게 인간의 시공간 인식과 관련된 반사실적 명제 특유의 '대안적' 맥락은 픽션이라는 형식으로, 대문자 역사나 예정조화(豫定調和) 같은 결정론적·사후적 시간 인식의 '구조'를 위성처럼 맴돌고 있다. 냉전이나 프랑스 대혁명 같은 거대서사의 이면에 도사린 음모와 치정의 장황한 연대기에 기댄 픽션의 무수한 목록을 우리는 안다. 이념과 역사만으로 인간은 살아갈 수 없다. 여기에 '밥'이 추가된다고 해도 뭔가 부족하다. 아무 의미 없을지도 모르지만서도 듣다 보면 끌리는 시답잖은 이야기와 실현되지 못한 욕망, 전해지지 않는 너절한 필부(匹夫)들의 일상사. 세상은 누구나 안전하게 진실이라 믿는 거대서사의 인과관계와 공식적인 진실이 되지 못한 절대다수의 반사실적 명제의 합집합인데, 픽션은 바로 이 '합집합'의 무한한 경우의 수에 천착하는 형식이다. 때때로 우리는 사실이나 역사가 되지 못한 어떤 반사실적 명제를 가지고 발칙한 공상의 나래를 펴기도 한다. '공산혁명이 성공했더라면', '시안에서 장학량의 하극상만 아니었다면', '그때 중공군이 압록강 이남에 쳐들어오지 않았다면' 하는 가정들. 이런 반사실적 명제들은 우리가 살고 있는 세상이 전부가 아닐지도 모른다는 감각, 그것이 유토피아는 아닐지라도 앞으로 도래할 미래에 대한 변화의 상상력과 과거에 대한 반성의 외피를 두른 픽션이 되기도 한다.

한편으로 이런 반사실적 명제도 있다. '클레오파트라의 코가 한 치만 낮았더라면' 유의 것들. 여기에는 역사의 톱니바퀴란 지극히 정교한 미세공정이라 한 치의 오차로도 우리가 알고 있는 것과는 전혀 다른 '역사'가 펼쳐질 거라는 관점이 암시되어 있다. 나비효과라 불리기도 하는 이러한 테제는 우리가 아는 거대서사 혹은 대문자 역사가 완벽하게 짜인, 유기적인 시나리오라는 전제에 입각한다. 세상만사 모든 사소한 요인이 역사적 사실에 복무한다는 관념이다. 이때 반사실적 명제는 실현된 역사의 필연성과 불가피성을 증명하는 반례로 기능한다. 우리는 촛불시위같이 의식적인 방식으로 혹은 아이폰을 구입하는 행위가 스티브 잡스 신화의 (티끌만 한) 마중물이라는 자각 없이 무의식적으로 거대서사에 어떤 식으로든 간에 연루된 채 살아간다. 나비효과 이론은 꽤 매력적인 구석이 있다. 한낱 나비의 초라한 날갯짓이 지구 반대편에서 태풍으로 비화된다는 가설은 은연중에 절대다수의 미약한 개인들에게 주어지는 별 볼 일 없는 일상이 거대한 역사적 결과와 연결된다는 막연한 감각의 근거가 되기도 하기 때문이다.

그러나 미약하고 보잘것없는 행위 모두가 세계의 거대한 '흐름'으로 결정된다는 사실을 믿을 정도로 우리는 순진하지 않다. 필부들의 '날갯짓'의 속성이 대체로 그렇다. 일상을 영위하는 과정에서 우리의 '날갯짓'은 분명 세계 어딘가에 공명하는 작은 파장을 만들어내긴 할 것이다. 하지만 그것들이 모두 '태풍'이 되어 언론에 대서특필되거나 역사학의 관심사가 될 리 없음을 우리는 안다. 삶이란 이를 깨우치는 과정이다. 절대다수의 사람들은 일상을 영위하는 방식으로 거대한 세계가 굴러가는 걸 그저 지켜보며 살아갈 따름이다.

반사실적 명제를 다루는 이춘길 특유의 스타일은 이와 무관하지 않은 듯하다. 박용석이나 장의 시나리오가 오랜 망각을 벗어나 세상에 선보인다고 세상이 변할 확률은 극히 낮다. 한편으로 '날갯짓'이 세상에 어떤 나비효과로 나타날지 또한 누구도 예단할 수 없다. 형사 K의 경우와 같이 자신의 의지와 선택이 자신에게 파국적 결과로 초래할 위험이 언제 닥쳐올지 모르는 것처럼 말이다.

그럼에도 불구하고 이춘길 소설의 군상들은 이 불합리한 세계를 어떻게든 살아간다. 반사실적 명제는 그가 형상화한 우리와 같은 절대다수 필부들의 삶의 원리이다. 그것은 때로는 「형사 K」 속 '나'의 경우처럼 반도덕적 행위를 합리화하는, 받아들이기 어려운 '가해자의 서사'와 연결되기도 하지만, 거대한 '세상의 이치'가 자신의 시스템 유지를 위해 주변부적 삶에 떠넘겨 버리는 불합리한 예외상태에 이춘길은 좀 더 관심을 기울인다. 파산을 피할 방법이 없는 요양병원의 '사후 처리'를 위해 파견된 법정관리인 K가 아무런 대책 없이 병원에 남겨진 이들과 얽히는 상황(「관리인」)에서 알 수 있다. K는 요양병원의 공식적인 재정 상황에 아랑곳없이 거기에 남기만을 고수하는 군상들을 상대하면서 자신에게 주어진 파산 처리 업무를 수행해야 한다. 그에게 주어진 업무적 전문성과 능력의 범위를 넘어선 '책무'라 할 수 있는데, K는 그저 이를 받아들이면서 몰락한 요양병원의 '패잔병'들과 뒤섞이며 그 속으로 침잠한다. 그가 어째서 이런 불합리한 책무를 군말 없이 수용할 수밖에 없었는지 여기서 설명할 필요는 없을 듯하다. 자본주의 사회의 부품으로 살아가는 절대다수의 군상들이 마음에 새기고 있을 암묵지일 테니까. 이러한 '침묵의 룰'을 통해 K가 처한 난처한 상황과 요양병원에 남겨진 군상들의 존재는 '없는 일'로 치부된다. 그들이 처한 난감한 상황 자체가 세상을 움직이는 이치에 대한 반사실적 명제인 것이다.

이러한 문맥은 일곱 편의 소설 중 비교적 있음직하고 평범한 난맥상을 그리는 일련의 작품군에도 적용된다. 「동파」는 일견 경기 북부 소규모 군사도시의 아파트로 이주한 '나'와 임신한 애인 J가 동파된 보일러 때문에 겪는 곤혹을 그리는 이야기로 읽힌다. 그러나 아파트 '동파'는 '나'에게 닥친 곤혹스러운 상황의 빙산의 일각이다. '나'의 진짜 문제는 경기 북부 외진 곳에 위치한, 한겨울에 손쓸 수 없을 정도로 난방시설이 동파된 아파트를 떠날 수 없다는 데 있다. '나'는 이혼조정 중에 갑작스런 애인의 임신으로 서울을 벗어나 있는 중이다. 동파는 곤혹의 '원인'이라기보다는 곤혹에 수반하는 부수적인 '결과'이다. 그럼에도 '나'는 시간이 갈수록 심해지는 보일러 동파가 모든 것의 원인인 것처럼 서술한다. 불륜 때문에 경기 북부의 낡은 아파트로 피신하게 됐다는 초라한 전사(前史)는 그저 중간중간 배음(背音)으로 깔려 존재감을 드러낼 따름이다.

「카라반」의 '그녀' 또한 '나'와 유사한 정서를 체현한다. '그녀'는 대학 선후배 사이인 남편과 동생 미란 사이에 모종의 '사연'이 있을지도 모른다는 가벼운 망상증에 사로잡혀 있다. '그녀'의 망상은 남편보다 훨씬 높은 연봉의 은행원인 미란에 대한 질시와 한낱 소시민 가정의 전업주부로서 자신의 처지에 대한 자격지심의 산물이다. 이러한 그녀의 '복잡한' 심정은 부득이한 사정으로 미란이 넘겨준 카라반 바캉스 여행 기회라는 사소한 사안을 도화선으로 폭발한다. 이야기는 미란에 대한 '그녀'의 종잡을 수 없는 감정의 실타래만이 남겨진 채, 아무것도 수습되지 않고 막을 내린다.

자신이 처한 상황의 원인으로서 동파를 전면에 내세워 상황을 호도하는 '나' 그리고 동생에 대한 복잡한 감정을 어쭙잖은 상황에 투사하여 합리화하는 '그녀'

의 편집증. 우리는 이러한 유형의 사연들을 현실 도처에서 찾아볼 수 있다. '독자'라는 이름의 전지적 분석가의 시점에서 이러한 심리 상태는 손쉽게 대상화되어 진실 혹은 사실과 쉽사리 준별된다. 그러나 당사자들의 입장은 다르다. 성인이라면 누구나 자신이 처한 상황의 '진실'에서 미끄러지는 반사실적 명제가 필요할 때가 있다는 걸 안다. 상황을 벗어날 사실을 직시하는 해답은 아닐지라도, 반사실적 명제로의 도피는 숨 막히는 상황 속에서 당사자가 기댈 몸과 마음의 임시거처는 될 수 있다. 물론 그렇게 현실에 침잠한 채 관성적으로 주어진 일만 하다가 부지불식간에 괴물이 돼 버리고 마는 경우도 있다. 경제적 압박에 못 이겨 '마스터 김'의 투자를 받아 애견 훈련소를 불법 투견장으로 개조하여 운영하다가 자기 자신이 투견이 되어 버리고 만 누군가처럼 말이다(「잡식동물의 딜레마」).

이춘길은 이렇듯 반사실적 명제의 다채로운 가능성을 픽션이라는 형식적 제약 안에서 시도한다. 소설을 읽는 것과 픽션을 쓰는 것이 세상의 이치나 진실과는 무관한 것처럼 치부되는 시대에 어떤 픽션은 세계에 대한 반사실적 명제의 형식으로서의 위상에 천착하면서 스스로의 존재를 탐구하기도 하는데 이춘길의 첫 번째 소설집이 그렇다. 그것이 가져올 나비효과가 무엇인지 모른 채로 말이다.

반사실적 명제라는 질료를 삼는 픽션 특유의 가능성을 서스펜스의 문법과 엮어, 독특한 메타적 글쓰기를 구현하는 이춘길의 스타일은 오늘날 픽션의 위상 자체를 태도로 삼는 반사실적(counterfactual) 글쓰기의 흥미로운 일례이다. 따라서 이춘길 소설을 읽는다는 것은 세계의 이치 혹은 진실에 대한 다채로운 반사실적 명제의 양식을 확인하는 일로서 카운터-팩트체크를 하는 일이라 주장하고 싶다. 일어난 사실의 가부를 '확인'하는 팩트체크와 달리 카운터-팩트체크는 여러 가지 이유로 채 '사실'이 되지 못한 인간사의 반사실적 편린들을 탐험하는 일이 될 수밖에 없다. 이는 오늘날 픽션의 존재론적 위상을 탐험하는 시도와도 무관하지 않을진대, 이춘길의 첫 번째 소설집은 자기만의 방식으로 그것을 끊임없이 심문하는, 반가운 하드보일드 메타-수사일지(搜査日誌)이다. 이제 무슨 일이 일어날는지, 함께 지켜보자.

작가의 말

첫 소설집을 엮기까지 오랜 시간이 흘렀다.
한 발짝 떨어져서 내 삶과 작품을 바라볼 수 있는 충분한 시간이다.
그래서 출판되어 세상에 나갈 작품들을 한 편씩 읽는 일이 즐겁지만은 않았다.

이 작품집이 소설가로서 내 삶에 변명이 될 수 있을까.

등단 후 지금까지 많은 변화가 있었다.
살면서 처음으로 삭발도 했고, 작업실을 몇 번 옮겼고, 많은 작품을 구상했다. 하지만 만족스럽지 못한 시간이었다. 게으른 자신을 탓하게 된다.

삶에 큰 변화가 생길 때면 돌아가신 아버지가 먼저 떠오른다.
묵묵히 응원해 준 가족들의 얼굴 또한 하나둘 떠오른다.
이 작품집이 작가로서의 삶에 변곡점이 되길 바란다.

작품집을 엮으면서 주변 분들의 도움을 많이 받았다.

고맙고 미안하다.

걷는사람 편집부에도 고마운 마음을 전한다.

2020 겨울

이춘길

수록 작품 발표 지면

형사 K의 미필적 고의 ………『현대문학』 2011년 6월호

동파 ………『현대문학』 2011년 11월호

관리인 ………『현대문학』 2012년 10월호

잡식동물의 딜레마 ………『좋은소설』 2013년 봄호

실종 ………『현대문학』 2014년 4월호

카라반 ………『악스트』 2015년 11·12월호

피터의 편지 ………『현대문학』 2016년 3월호

형사 K의 미필적 고의

2021년 1월 6일 초판 1쇄 펴냄
2021년 6월 14일 초판 3쇄 펴냄

지은이	이춘길
펴낸이	김성규
책임편집	김은경 미순 조혜주
디자인	김동선
펴낸곳	걷는사람
주소	서울 마포구 월드컵로16길 51 서교자이빌 304호
전화	02 323 2602
팩스	02 323 2603
등록	2016년 11월 18일 제25100-2016-000083호

ISBN 979-11-91262-10-0 03810

* 이 책의 국립중앙도서관 출판시도서목록(CIP)은 서지정보유통지원시스템 홈페이지(http://www.seoji.nl.go.kr)와 국가자료공동목록시스템(http://www.nl.go.kr/kolisnet)에서 이용할 수 있습니다. (CIP제어번호:2020053729)